종말의 세라프
Seraph of the end
이치노세 구렌, 16세의 파멸
3

"잠깐, 이치노세 구렌!
왜 내 말을 무시하는 거죠!"

"나, 이미 인간이 아냐, 구렌.
더 이상 너랑 함께할 수…."

CONTENTS

Seraph of the end

종말의 세라프

Seraph of the end

이치노세 구렌, 16세의 파멸

3

카가미 타카야 지음 | 야마모토 야마토 일러스트 | 김동욱 옮김

학산문화사

정혼자와 처음 만날 수 있게 된 것은 신야가 10세가 되던 해였다.

불과 10세에 자신의 결혼 상대가—인생의 반려자가 정해진다, 다소 묘한 기분이었지만, 만날 수 있다는 이야기를 처음 들었던 그 순간만은 흥분에 가슴이 고동쳤던 기억이 난다.

내 정혼자는 어떤 소녀일까?

예쁠까?

마음씨 착할까?

둘이서 잘 지낼 수 있을까?

"……."

그런, 연애하듯 달달한 생각이 머릿속에 전혀 떠오르지 않았다고 하면 거짓말일 것이다.

분명 떠올랐다.

행복한 미래가.

연인과의 즐거운 시간에 대한 몽상이 머릿속에 떠올랐다.

"……."

그러나 그렇다 한들 그것은 가슴이 뛸 정도의 상상은 못 되었다.

뭐니 뭐니 해도 만나 본 적도 없는 소녀를 상대로 사랑의 환상에 빠질 만큼 뜨거운 감정을 갖기란 좀처럼 쉬운 일이 아니기 때문이다.

때문에 가슴이 뛰는 이유는 따로 있었다.

흥분한 이유는 따로 있었다.

정혼자와 만날 수 있다—그 말을 들은 순간 신야의 가슴을 뒤흔

든 것은,

"…아아, 난 죽지 않고 살아남았구나."

라는 감정 쪽이었다.

10세.

신야는 그 나이가 될 때까지 이미 여러 차례 사람을 죽여 왔다.

죽인 상대는 자신과 거의 같은 처지의 상대였다.

히이라기 가의 딸―히이라기 마히루의 정혼자 후보들.

때가 되면 마히루와 교배시켜 히이라기 가에 또 한 사람, 우수한 유전자를 지닌 아이를 생산토록 하기 위한 종마 후보들.

그 종마 후보들끼리 경쟁시키는 실험은 신야가 5세 때부터 시작되었다.

그러나 처음에는 그 정도로 가혹한 것은 아니었다.

발이 빠른가?

말을 빨리 익히는가?

주술의 재능이 있는가?

신야는 전국에 수없이 많은, 히이라기 가가 이끄는 종교 조직 '미카도노오니'에서 운영하는 유치원에 소속되어 있었는데, 그중 재능이 있는 특수 원아 팀 중 한 명으로 뽑히게 되었다.

그리고 그 사실에 맨 처음 신야는 마냥 좋아라했다. 다른 아이들보다 재능이 있다. 다른 아이들보다 우수하다. 뛰어나다. 뛰어난 아이. 아주 뛰어난 아이. 매일 그런 말을 듣고 득의양양해 다른 아이들을 꺾는 것에 두근거렸다.

주술을 열심히 배우고 몸을 단련하는 것에 쾌락을 느꼈다.

그러나 어느 날, 원장 선생님이 이렇게 말했다.

─신야 군은 참 노력도 열심히 하고 뛰어난 아이라 드디어 본가에서 불러 주시게 되었답니다~♪ 도쿄로 오라는 호출이에요! 참 잘 했어요! 내일은 본가 쪽 유치원으로 소속을 옮기게 되니까 그런 줄 알아요.

그리고 그날 이후로 더 이상 집에 돌아갈 수 없게 되었다.

양친에게는 본가로부터 3억 엔이 지급되었고, 게다가 '미카도 노오니'에서의 계급이 몇 단계나 올라갔다고 했다.

양친은 본가의 칭찬에 광희난무했다─그런 이야기는 들었지만, 두 번 다시 양친을 만날 수 없다고 했다.

신야는 울며 불며 그런 건 싫다고 했지만 어른들은 누구 하나 그 말을 들어 주지 않았다. 이것은 명예로운 일이라고 할 뿐이었다. 어리광부리면 못 쓴다고 할 뿐이었다.

그러나 그 이후의 생활은 더없이 가혹했다.

도쿄.

시부야.

그곳에 있는 시설로 소속을 옮기게 된 뒤로 더 이상 울고 앉아 있을 틈이 없었다.

세 달에 한 번 있는 시험에서 상위 30퍼센트에 들지 못하면 처분된다.

한 해에 한 번 있는 경기회에서 서로 사투를 벌여야 하며, 승리하지 못하면 처분된다.

이기지 못하면 죽는다.

이기지 못하면 죽는다.

이기지 못하면 죽는다.

게다가 살아남는 것은 단 한 명뿐.

맨 처음에 몇 명이 있었는지는 더 이상 기억도 나지 않았다.

그러나 매일 필사적이었다.

새로운 주술을 익히는 데에.

새로운 환술을 익히는 데에.

새로운 체술을 익히는 데에.

가끔씩 친구가 생겼다. 서로 살아남은 것을 기뻐하는 친구가 생겼다. 그러나 그 친구가 상위 30퍼센트에 들지 못하고 처분당했다. 그 사실에 공포를 느끼고 다들 지금까지 이상으로 노력했다.

친구가 생겼다.

그 친구가 죽었다.

친구가 생겼다.

그 친구가 죽었다.

친구 사귀기를 그만두었다.

그러나 아이들은 수도 없이 처분되었다.

극심한 스트레스에 대처하고자 실실 웃게 되었다. 그것이 최선이었는지도 모른다. 입을 꾹 다무는 녀석이나 시종 성질내는 녀석보다 주술 습득이 빨라졌다. 웃음은 인생의 효율을 올려 준다. 덤으로 웃고 있으면 상대가 멋대로 화를 내 자멸할 때마저 있었다.

그리고 실실 웃으며 필사적으로 살아남았다.

점점 다른 종마 후보들의 실력이 올라가 싸움이 힘들어졌지만, 신야는 싱글벙글 웃으며 필사적으로 살아남았다.

"......"

그리고 어느 날.

수련장에 가자 자신이 알고 있는 다른 후보들은 더 이상 아무도 남아 있지 않았다.

바로 어제까지는 고함을 질러 대던 히이라기 가의 교관이라는 초로의 사내가 갑자기 공손히 고개를 숙이며 이렇게 말했다.

"축하드립니다, 히이라기 신야 님. 드디어 마히루 님의 정혼자로 선택받으셨습니다."

히이라기—라고 불렸다.

5세 때부터 늘 그 가르침을 받아 온, 종교 조직 '미카도노오니'를 이끄는 종가의 성이 자신의 이름 앞에 붙었다.

교관의 태도도 이상할 정도로 전과는 딴판이었다.

눈앞의 교관은 정말로 신야를 경외, 아니 두려워하는 것처럼 보이기까지 했다.

그 말에 신야는 실실 웃으며 대답했다.

"그럼 더 이상 경쟁은 없는 거야?"

"예."

"난 살아남은 거야?"

"예."

"…그래. 그런 거구나."

처음에는 특별한 감개 같은 것은 없었다. 너무나 갑작스럽던 나머지. 경쟁을 강요당하는 것이 지극히 당연한 일상이 되었던 나머지, 영 제대로 반응할 수가 없었다.

그러나 교관은 뒤이어 이렇게 말했다.

"그리고 이제 곧 신야 님의 정혼자, 히이라기 마히루 님께서 이곳에 납실 겁니다. 이것은 마히루 님의 간청이었다 합니다. 마히루 님께서는… 신야 님께 몹시 흥미를 가지고 계신다 합니다."

"……."

"장래 히이라기 가를 떠받칠 두 분의 만남이 근사한 만남이 될 수 있기를 저희도 간절히 바랄 따름입니다."

그러더니 교관은 물러났다.

신야는 아무도 없는 수련장에 홀로 남게 되었다.

이곳에서 정혼자와 만난다고 한다.

늘 사투를 해 온 이 수련장에서 히이라기 마히루와 만난다고 한다.

그 말에 드디어 실감이 나기 시작했다.

"……."

자신은 살아남았다.

영원히 끝나지 않는 경쟁이 계속될 줄로만 알았다. 그러나 살아남았다.

바로 그때, 약간 떨어져 있는 수련장 입구에 한 소녀가 나타났다. 머릿속 한 귀퉁이로 살짝 이런 생각이 들었다.

내 정혼자는 어떤 소녀일까?

예쁠까?

마음씨 착할까?

"……."

마히루가 다가왔다.

그 자태는 상상을 아득히 뛰어넘는 것이었다.

반짝반짝 윤기 나는 긴 잿빛 머리카락에 의지가 굳어 보이는 의연한 눈동자. 투명하게 비칠 듯한 뽀얀 피부.

우아하고 온화하고 그러면서도 더없이 차가운 음성이 울려 퍼졌다.

"그래서, 당신이 내 씨내리가 되기 위해 살아남은 사람인가요?"

신야는 고개를 숙였다.

"예. 처음 뵙겠습니다."

"이름은?"

"신야입니다."

"신야… 신야… 한자로 어떻게 되나요?"

"깊을 심(深), 밤 야(夜) 자입니다."

"그거 흔치 않은 이름이네요."

"그렇습니까? 전 잘 몰랐습니다."

뭐니 뭐니 해도 5세 때부터 여기서 지내 온 처지였다. 그런 생각을 할 틈도 없었다.

그러나 그 말을 듣고 보니 신야라는 이름은 확실히 다소 흔치 않은 이름인지도 모르겠다 싶었다.

신야는 미소 짓고 마히루를 바라보며 말했다.

"하지만 태양처럼 빛나는 '마히루' 님의 그늘에 사는 자에게는 딱 좋은 이름이 아닌가 합니다."

그러나 그 말을 들은 마히루의 얼굴에 살짝 혐오의 빛이 떠올랐다.

"꽤나 비굴한 언동이군요."

아무래도 이 방향성은 마음에 들지 않으신 모양이었다. 하지만 신야는 그 마음에 들어야 할 필요가 있었다. 이 자리에 자신이 존재할 수 있는 이유는 마히루의 정혼자라는 이유뿐이니까.

그리고 마히루는 적어도 자신에게 흥미를 가지고 만나러 와 주었을 것이다. 그렇다면 이 자리에서 그 호의를 살 필요가 있었다.

때문에 신야는 생각했다. 마히루가 자신에게 바라는 것이 어떤 태도일까를. 그 취향에 맞는 사내는 대체 어떤 타입일까를.

신야는 씩 미소 지으며 속을 떠 보았다.

"…죄송합니다. 저도 이제 막 살아남았다는 걸 알게 된 참인지라 히이라기 님을 어떤 태도로 대해야 좋을지…."

그러나 그 말을 가로막으며 마히루가 말했다.

"당신에게는 아무 관심도 없으니 있는 그대로 대해 줘요."

신야는 그런 마히루의 얼굴을 바라보았다. 자신의 정혼자가 지금 무슨 생각을 하고 있는지를 살폈다.

그녀는 히이라기 가의 인간이다.

이 '미카도노오니'라는 조직에 소속된 자들에게는 태어날 때부터 신과 같은 존재다. 분명 주변 사람들의 아첨에는 이골이 났을 것이다.

그럼 다른 방향성으로 호감을 사는 편이….

그러나 그런 사고를 단칼에 끊어 버리듯이 마히루가 말했다.

"…내게는 이미 사랑하는 사람이 있어요. 그러니까 당신을 받아들일 수는 없어요. 오늘은 그 말을 하러 온 거예요."

그게 또 그런 모양이었다.

신야는 그 말에 마히루를 응시했다.

"……."

말은 하지 않았다. 부주의한 말은 위험했다. 마히루는 자신을 선택하지 않을 거라 했다. 그러나 그렇게 된다면 자신은 존재 가치가 없어진다. 그리고 바로 어제까지, 존재 가치가 없어진 녀석은 즉각 처분당해 왔던 것이다.

그러나 마히루는 그런 신야의 생각을 꿰뚫어보듯 이야기를 계속했다.

"아, 안심하고 발언해도 돼요. 지금은 아무도 감시하지 않도록 손을 써 놨어요."

신야는 대답했다.

"…그런 소리, 못 믿겠는데."

그 말에 마히루가 살짝 미소 지었다.

"그게 있는 그대로 대하는 건가요? 그럼 그렇게 얘기해요."

"이게 취향이야?"

"뭐, 그래요. 그렇다고 당신이 좋아지는 건 아니지만."

"응? 그건 곤란한데. 난 그것만을 위해 살아 온 몸이거든."

"유감이에요."

"나로선 안 돼?"

그 말에 마히루는 또 다시 작게 웃으며 말했다.

"되고 안 되고 간에, 우린 오늘 처음 보는 사이인걸요."

"그럼 아직 기회가…."

그러나 그것은 확실히 거절당했다.

"없어요."

그렇게 말하는 순간 마히루의 말투는 더없이 낭랑했지만, 그러면서도 반론을 용납하지 않는 강함이 느껴졌다.

다시 말해 그럼,

"…난 오늘 죽는 건가?"

16

마히루는 고개를 저었다.

"아뇨. 난 당신이 마음에 들어 사귀는 척을 할 거예요."

바로 그 말에 신야는 사고를 회전시켰다. 어째서 마히루는 이런 행동을 하는 것일까. 마히루가 일부러 자신을 만나러 온 이유는 무엇일까.

답은 곧바로 나왔다.

신야는 말했다.

"다시 말해 네가 사랑하는 사람은 히이라기에서 허락하지 않는 상대라는 건가?"

살짝 놀란 듯이 눈을 활짝 뜨고 마히루가 말했다.

"역시 똑똑하네요."

"그래서 날 위장막으로 골랐단 말이지."

신야는 미소 지었다.

마치 사랑하는 사람을 생각하는 것만으로도 기쁘다는 듯이 마히루의 얼굴에 빛이 비쳐 들었다.

"과연. 히이라기의 딸이라기에 어떤 여자일까 싶었는데… 그냥 사랑에 빠진 아가씨였군."

마히루는 웃었다.

"맞아요. 사랑을 허락 않는 집에서 태어난, 그냥 평범한 사랑에 빠진 아가씨."

"자기 입으로 아가씨라고 하기야?"

"아하하, 평범한 집에서 태어났으면 좋았을 텐데요."

"……."

"누구를 사랑해도 허락해 주는, 평범한 집에서 태어났으면."

18

그것은 자신도 마찬가지였다.

누군가를 죽이고 살아남는다, 결과를 내지 못하면 처분당한다, 그런 공포와 싸우며 살고 싶지 않았다.

마히루가 신야를 바라보며 말했다.

"하지만 당신도 좋아하지도 않는 상대와 사귀지 않아도 되니까 기쁘지 않나요?"

그 말에 신야는 대답했다.

"마히루 님처럼 어여쁜 상대라면야…."

"빈말은 관둬요."

말허리가 끊겼지만, 신야는 실실 웃으며 이야기를 계속했다.

"빈말이 아냐. 넌 예뻐. 그리고 그 사랑이 결코 손에 넣을 수 없는 거라는 말을 들으니 지금까지 관심이 없다가도 약간 탐이 나기 시작하는걸."

"……."

"뭐니 뭐니 해도 난 진 적이 없거든."

신야는 5세부터 계속해서 경쟁을 강요받아 온 이 수련장을 손으로 가리켰다.

마히루가 살며시 웃었다.

"확실히, 여기서 졌으면 처분당했을 테니까 말이죠."

"그러니까, 지금은 위장막으로 만족하지만 난 네 마음을 손에 넣을 거야. 좋았어. 그렇게 해야지. 그걸 다음 목표로 삼을 거야."

그러나 마히루는 웃으며 어쩐지 딱한 것을 보는 듯한 눈으로 신야를 바라보며 말했다.

"그럼 어디, 지금 한번 져 볼래요?"

"어?"

"한번 져 보면 그 집착도 없어지지 않겠어요?"

"넌 대체, 무슨⋯."

그러나 마히루는 이미 움직이고 있었다. 신야를 향해서 일직선으로.

그 움직임은 간결했지만 빠르지는 않았다.

신야는 가늘게 뜬 눈으로 그쪽을 바라보며 말했다.

"⋯이게 히이라기인가."

이 정도 움직임밖에 보여 주지 못하는 녀석 때문에 우리는 목숨을 걸라고 강요당했던 것인가—하고 급속도로 마음이 식어 가는 것을 느꼈다. 녀석에 대한 관심과 욕구가 없어지는 것을 느꼈다.

마히루가 주먹을 치켜들었다. 그것을 멈추기는 손쉬웠다. 우리 같았으면 이 정도 실력으로는 이미 오래 전에 처분되었을 것이다.

신야가 손을 들었다.

마히루의 손을 움켜쥐었다.

아니, 움켜쥐었다 생각한 순간.

"⋯⋯."

눈앞의 마히루가 사라졌다.

환술이었다.

등을 툭 하고 누군가가 건드렸다.

귓가에서 목소리가 들려왔다.

"아핫. 이 정도로 내 씨내리라고? 이래선 건드리지도 못하겠는걸."

차원이 달랐다.

어제까지 겨루던 녀석들과는 차원이 달랐다. 얕보고 대응할 만한 상대가 아니었다.

자신의 어리석음을 저주했다.

등에는 아마 주술이 걸린 부적이 붙어 있을 것이다.

그리고 마히루가 조그맣게 말했다.

"기폭."

동시에 신야가 움직였다. 전력으로 움직였다. 등에 대주(對呪) 부적을 붙이고 대미지를 최소한으로 억눌렀다.

한 발짝 앞으로 나가 돌아보았다.

마히루는 웃고 있었다.

슬픈 듯이 웃고 있었다.

전혀 틈이 없었다.

방금 전과는 다른 사람 같은 압박감이 느껴졌다.

둘 중 어느 쪽이 더 강할까.

십중팔구.

아마도.

"이거, 이번엔 내가 졌다 이건가."

마히루가 미소 지었다.

"처음 져 보나요? 그럼 앞으로 더 강해질걸요."

라고 하는 것이었다.

그러나 그 말에 신야는 웃으며 말했다.

"아니, 여기 온 시점에서부터 난 이미 진 거야."

부모에게 팔렸다는 시점에서부터.

달아날 수 없다는 시점에서부터.

정혼을 거부할 수 없다는 시점에서부터.

자유롭게 살 수 없다는 시점에서부터 이미 진 것이다.

그러나 마히루는 달랐다.

이 소녀는 달랐다.

지지 않기 위해 여기 온 것이다. 허락받지 못하는 상대와의 사랑을 계속하기 위해, 자신의 손으로 자신의 인생을 선택하기 위해 여기 온 것이다.

신야가 물었다.

"…한 가지, 질문이 있는데."

"뭔가요."

"네가 사랑하는 사람은 너보다 더 강해?"

그 말에 마히루는 또 다시 기쁜 듯이 웃었다. 즐거운 듯이 웃었다.

완전히 사랑에 빠진 소녀의 얼굴이었다.

그럴 때의 마히루가 가장 귀여워 보였다.

마히루는 살짝 생각하는 듯한 얼굴로 고개를 갸웃거리며 말했다.

"글쎄요…. 구렌은, 어떠려나? 구렌이 강하든 약하든 내 마음은 변함없지만."

"뭐어~. 그거 너무 하는 거 아냐. 그럼 내 차례가 안 오잖아."

그 말에 또 다시 마히루가 웃었다.

평온한 오후를 마음 편히 비추는 듯한 밝은 미소.

"하지만 분명, 아마, 구렌은 강할 거예요. 나보다 훨씬 더."

"그래서 그 구렌인가 뭔가 하는 녀석을 좋아하는 거야?"

"네."

"강해서?"

"네."

"그래. 그러냐. 그럼, 좋아. 난 네 위장막 노릇을 할게. 네가 사랑하는 사람과 함께하게 될 때까지 녀석을 대신해서."

마히루는 씩 웃었다.

"다행이다. 그럼 앞으로 잘 부탁해요, 히이라기 신야 씨."

"그냥 이름으로 불러도 괜찮아. 나도 그렇게 할게. 그러는 게 더 의심을 안 받을 거 아냐? 그러니까 마히루, 앞으로 잘 부탁해."

신야가 말하자 또 다시 마히루는 미소 지었다.

그 얼굴은 너무나 아름다웠다.

"……."

그리고.

그때 처음으로 살짝, 아직 본 적도 없는 구렌이라는 남자에게 질투 비슷한 감정을 품었다.

종말의 세라프
Seraph of the end

Seraph of the end

이

치노세 구렌은 자신의 팔에서 뽑혀 나가는 피를 보았다. 바늘이 팔을 찌르고, 다량의 이산화탄소가 들어 있는 시커먼 혈액이 정맥에서 뽑혔다.

"…구렌 님."

여성 연구자가 이름을 불렀다.

구렌은 그쪽을 보았다. 그러자 그곳에는 백의를 입은 20대 초중반쯤 되는 여자가 있었다.

이치노세 가가 이끄는 종교 조직 '미카도노츠키' 소속 저주 연구자—이오리 미츠키였다.

다섯 번째 주사기 바늘을 뽑으며 미츠키가 말했다.

"검사는 이걸로 전부 다 끝났습니다."

"응? 아, 고마워."

구렌은 고개를 끄덕였다. 걷어 올렸던 팔의 소매를 원래대로 되돌렸다.

"그래, 검사 결과는 언제쯤 나오지?"

"…이미 연구자 전원이 전력을 다해 구렌 님의 몸에 대한 연구를 시작하여 몇 가지 결과를 얻었습니다."

"흠. 그래서?"

"…몸에서 독 반응이 나왔습니다."

"무슨 독이지?"

"……."

그 말에 미츠키가 살짝 면목 없다는 듯한 얼굴로 말했다.

"미지의… 그러나 인공적인 독입니다. 저주와 뒤섞인 형태로 만들어진 것 같은데, 그 저주가 어떤 주술 체계의 저주인지 아직 분

26

명치가 않습니다."

"우리 연구소에선 알아낼 수 없는 고도의 주술이라고?"

"…그런 셈입니다."

"밝혀낼 수 있겠어?"

"그야 당연하지요! 반드시 밝혀내겠습니다. 우리 구렌 님의 몸을 잠식 중인 독 아닙니까!"

구렌은 그렇게 단단히 벼르는 미츠키를 가늘게 뜬 눈으로 바라보며 생각했다.

자신에게 독을 불어 넣은 소녀의 얼굴을.

히이라기 마히루의 아름다운 얼굴을.

마히루는 결코 성공할 수 없다고 알려졌던 '오니'를 그대로 무기에 봉하는 주법 '귀주'를 완성시키려 했다.

그러나 이미 상당히 실전적인 능력을 소유한 것 같았다.

뭐니 뭐니 해도 인간으로서는 분명 건드리기조차 불가능할, 압도적 능력을 소유한 바로 그 흡혈귀의 귀족과 칼을 겨루는 광경을 보여 줬으니까.

그것도 이미 현재의 과학 기술이나 저주 기술의 수준을 대폭 뛰어넘은 힘으로 말이다.

"……."

그리고 구렌은 떠올렸다.

마히루의 미소를 떠올렸다.

마히루의 말을 떠올렸다.

—하지만 더 이상 넌 인간이 아냐. 인간은 절단된 팔이 붙지 않아. 이미 얼마간 네 혼에도 '오니'가 섞여 버렸어. 그러니까 결국

에는 망가질 거야. 나처럼, 마음이 검은 색으로 가득 찰 거야. 아, 구렌. 역시 우리는 떨어질 수 없어. 둘이서 정답게 '오니'가 되자.

오니.

오니의 독.

'귀주'의 독.

구렌은 분명 절단되었어야 할, 지금은 아무렇지 않게 움직이는 자신의 오른팔을 가만히 만졌다.

바로 그때, 미츠키가 물었다.

"구렌 님, 한 가지 부탁드려도 괜찮을까요?"

"뭐지?"

"열성 신도들을 몇 명 골라 이 독과 관련된 인체 실험을 할 수 있도록 허가를 내려 주십시오."

"……."

"'미카도노츠키'에서는 현재 그것이 허락되지 않지만…"

그러나 구렌은 고개를 저으며 말했다.

"안 돼."

"하지만 이번 건을 밝혀내려면…"

"안 돼. 허락 못 해. 내가 실험 재료가 되겠어. 그걸로 충분하잖아?"

라고 구렌은 말했다.

아니, 애당초 씨알도 먹히지 않을 이야기다. 저주 연구를 진전시키는 데에 인체 실험은 필요 불가결한 것이지만, 바로 그런 까닭에 이 연구는 금지되어 있다.

게다가 금지한 것은 '미카도노츠키'가 아니다.

그보다 더 위에서 오만하게 군림하고 있는 본가, 다시 말해 히이라기 가가 이끄는 '미카도노오니'다.

만에 하나 이치노세가 인체 실험을 비롯, 금주(禁呪)의 연구를 시작했음이 알려진다면 그것은 '미카도노오니'에게 선전포고를 하는 꼴이 되고 말 것이다.

그리고 그렇게 되면 '미카도노츠키'는 순식간에 박살날 것이다. 저항은 불가능하다. 힘의 차이가 나도 너무 난다.

때문에,

"…나를 써. 나를 치료하고 있다는 명목을 내걸고 이 연구를 진전시키는 거야."

그러나 미츠키는 납득이 되지 않는다는 얼굴로 항변했다.

"그럴 수는 없습니다. 독은 우리 구렌 님의 몸을 잠식하고 있습니다. 이것은 일각을 다투는 연구…."

"안 된다니까!"

구렌은 고함을 질렀다.

미츠키는 말을 멈추었다.

그런 그녀에게 말했다.

"…인체 실험을 시작하면 연구를 멈출 수 없게 되잖아? 새로운 저주를, 새로운 실험을, 새로운 힘을, 힘을, 힘을…. 그래서, 그 앞길에 뭐가 있지? 동료를 모르모트로 삼아서 연구를 진전시킨다 쳐, 그 앞길에 뭐가 있지? 자기 자신의 힘에 집어 삼켜지거나, 아니면 히이라기에게 박살나거나. 어느 쪽이든 결과는 파멸이라고."

다시 한 번 구렌은 마히루를 떠올렸다.

—구렌, 좋아해.

힘에 미쳐 망가지기 시작한 마히루를 떠올렸다.

—네가 좋아, 구렌. 그리고 나나 너나 둘 다 마찬가지로 광기(狂氣)와 광귀(狂鬼)가 사는 곳에 살고 있어.

구렌은 말했다.

"미츠키. 좌우지간 아직 그럴 때가 아니야. 인체실험은 하지 마."

"……."

"게다가 실험체로는 내가 있어. 나를 연구하면 돼. '귀주'를 완성시킬 필요도 없어. 단지 그 독을 무효화할 방법만 찾으면—."

그러나 그때 미츠키가 씩 웃으며 말했다.

"구렌 님."

"응?"

"저, 구렌 님과 마찬가지로 A형입니다."

"그게…."

뭐 어쨌다고? 라고 말하려다 미츠키가 무엇을 하려는 것인지 알아차렸다.

"그만…."

두라고 말을 하려던 순간, 때는 이미 늦은 뒤었다. 미츠키의 수중에 주사기가 있었다. 주사기 안에는 구렌의 혈액이 들어 있었다. 그 주사기를 미츠키는 자신의 손목에 찔렀다.

"…구렌 님을 실험체로 삼을 수는 없습니다."

그러더니 혈액을 주입했다.

"멍청아!"

손을 뻗어 주사기를 쳐 냈지만, 이미 혈액이 절반가량 주입된 뒤였다.

물론 아무 일도 일어나지 않을 가능성도 있다.

구렌의 피가 섞인다 한들 아무 일도 일어나지 않을 가능성도 있다.

아니, 실제로 미츠키는 웃고 있었다.

"…이걸로 연구는 약간 진전된 셈이로군요. 먼저 제 몸으로 연구를—."

"……."

그러나 그 순간, 말이 중단되었다.

미츠키의 표정이 변했다.

전신을 떨면서 오른손으로 혈액이 들어간 왼손을 부여잡으며 비명을 질렀다.

"…뭐, 야, 이게…. 엄청난, 힘이… 힘이… 힘이이, 아, 안 돼애애애애애!"

왼손이 부풀어 올랐다. 그 손에 검은 저주가 돌았다. 손톱이 늘어나고, 마치 오니의 손과 같이 변모—.

"마, 말도 안 돼, 제어가…."

바로 그때 구렌은 칼을 뽑았다.

히이라기 쿠레토에게 받은 '하쿠시' 라는 이름의 요도를 날렸다.

미츠키의 변모해 가는 왼팔을 절단했다. 그러나 손은 더욱 더 거대해졌다. 절단면에서 거미 다리 같은 것이 돋아 제발로 일어섰다.

그 절단된 손은 이미 지금 그들이 있는 연구실 안 침대보다도 더 커져 있었다.

손바닥 중앙에 생긴 눈동자가 세 개.

이빨이 난 입이 한 개 생겨 나 미츠키를 물어 뜯으려던 순간,

"죽어라."

구렌은 다시 한 번 온몸의 힘을 실어 칼을 휘둘렀다. 칼은 중지와 약지 사이를 파고들어 손바닥에서부터 팔까지를 둘로 절단했다. 그러나 구렌은 움직임을 멈추지 않았다. 돌아오는 칼로 이번에는 수평 참격을 날렸다.

순간.

괴물의 눈 세 개가 구렌을 번뜩 노려보았다.

입이 열렸다.

그리고 낮은, 목 쉰 목소리가 울려 퍼졌다.

"…뭐야, 너도 '오니'였냐."

"닥쳐, 이 괴물 놈아."

구렌의 칼이 손바닥을 수평으로 절단했다.

그러자 손바닥은 침묵했다. 십자로 베여 바닥에 쓰러졌다.

그리고 동시에 연구실 문이 열렸다. 백의를 입은 연구자가 여러 명 들어왔다.

"구렌 님!"

"구렌 님!"

그 연구자들에게 구렌은 말했다.

"난 됐어. 미츠키를 치료해!"

구렌은 뒤를 돌아 바닥에 주저앉아 있는 미츠키를 보았다. 미츠키는 팔을 잃은 상태였다. 팔의 절단면에는 주부(呪符)가 붙어 있었다. 아무래도 스스로 지혈한 것 같았다.

연구자들이 미츠키를 실어 가려 했다.

그러나 미츠키는 말을 듣지 않았다. 단지 바닥에 널브러진 오니의 독에 중독된 거대한 팔을 보며 말하는 것이었다.

"…괴, 굉장해. 뭐야, 방금 그건…. 이런 힘, 듣도 보도 못 했어…. 이걸… 이 힘을 연구해야 해."

팔을 잃었는데도.

힘을 전혀 제어할 수 없었는데도.

미츠키는 마치 쾌락을 느끼는 듯한 얼굴로 그런 소리를 했다.

그리고 또 다시 마히루의 말이 떠올라 버렸다.

—넌 저항 못 해. 힘에 대한 욕망에. 힘에 대한 욕구에. 그렇잖아, 넌 나랑 마찬가지로 깊은 구렁 속에서 살고 있으니까….

광기가 감염되어 갔다.

절망이 감염되어 갔다.

여러 연구자가 흥미롭다는 듯이 바닥에 널브러진 오니의 시신으로 시선을 향했다.

누군가가 그것을 만지려 하자 미츠키가 말했다.

"만지지 마. 그건 감염성이야. 앞으로는 저주 방호복을 입고 작업해야 해."

미츠키는 다른 연구자들의 부축을 받으며 일어나 구렌에게 고개를 숙였다.

"구렌 님. 못 볼 꼴을 보여 드려 죄송합니다. 하지만 이걸로 단숨에 연구가 진전된 셈입니다. 이 저주의 비밀을 제가 밝혀내겠습니다."

구렌은 그 말에 기가 막힌다는 듯이 웃으며 말했다.

"…방금 막 팔을 잃어 놓고 그런 소리냐."

그러나 미츠키는 칭찬으로 착각했는지 미소 지으며 말했다.

"인류가 앞으로 나아가기 위해서는… 구렌 님께서 이끄시는 '미카도노츠키'가 더욱 강대해지기 위해서는 필요한 희생이었습니다."

방금 그 발언은 만약 이곳에 히이라기에서 심어 둔 스파이가 숨어 있었다면 '모반의 의도가 있다'고 간주되어 '미카도노츠키'가 박살날지도 모를 발언이었지만, 이곳에는 구렌이 어릴 적부터 보아 온 연구자들밖에 없었다.

뭐니 뭐니 해도 이곳은 히이라기의 본거지—시부야에서 까마득히 멀리 떨어진 아이치 현의 산간 지방에 있는, '미카도노츠키'에 소속된 자들밖에 살지 않는 작은 마을이었다.

그리고 그 중심인 이치노세 가의 저택 지하에 있는 광대한 연구소의 한 연구실이었다.

구렌은 말했다.

"인류? 마치 자기만의 대의에 취해 있는 녀석들이 할 소리 같은데."

미츠키는 웃었다.

"연구자란 다들 그런 족속이니까요…. 자, 다들 시작해요. 이 실험의 단서는 찾았어요. 그리고 구렌 님."

"뭔데."

"시간입니다."

그 말에 구렌은 방에 있는 시계를 보았다.

시간은 심야 1시.

다음날 히이라기가 운영하는 학교에 등교할 거라면 이만 차를 탈 필요가 있었다.

구렌은 고개를 끄덕였다.

"…또 오겠어. 연구를 계속하라고."

"예. 성과를 내놓겠습니다."

"조급히 굴지는 마. 만약 리스크를 무릅써야 할 경우에는—."

그 말에 미츠키가 대답했다.

"히이라기에게 들키지 않도록 하라는 말씀이시겠죠…? 압니다. 오늘은 다소 무리를 한 겁니다. 구렌 님 앞에서 어느 정도 기정사실로 만들고 싶어서."

그게 또 그런 모양이었다.

'귀주'의 연구에 제대로 임하고 싶지만 허가가 나오지 않는다. 때문에 차기 당주인 구렌 앞에서 억지로 진전시켜 버리자—아니 잠깐,

"…설마 이거, 여기 있는 연구자 전원의 총의(總意)인가?"

"……."

전원이 긴장한 표정을 지었다.

당연했다.

다들 자신이 무슨 짓을 하는지 알고 있었던 것이다.

동료가.

이오리 미츠키가 죽을 가능성까지 있다는 것을 알면서 이 무모한 짓을 강행한 것이다.

방 밖을 보았다. 그러자 여러 명, 무장한 '미카도노츠키'의 병사가 대기하고 있었다. 다들 아는 얼굴이었다. 하나 같이 상당한 실

력자들이었다.

미츠키가 말했다.

"…구렌 님. 이 연구에 만약 성공한다면 드디어 우리 '미카도노츠키'의 비원이…."

"입 다물어, 미츠키."

구렌이 그 말을 가로막았다.

미츠키가 하고 싶은 말은 알고 있다.

'미카도노츠키'의 비원—그것은 '미카도노오니'로부터 완전히 이탈하는 것이다.

계속 바보 취급당하고, 박해당하고, 괴롭힘당해 온 입장으로부터 벗어나는 것이다.

그리고 지금, 그것을 이루어 줄 가능성이 있는 힘이 눈앞에 나타난 것이다.

때문에,

"……."

미츠키와 다른 사람들은 폭주를 시작한 것이리라.

마히루와 마찬가지였다. 광기가 완전히 전염되었다.

이것이 진전되기 시작하면 분명 어느 단계에서 히이라기에게 들킬 것이다. 들키면 몰살당할 것이다. 그런 줄 알면서도.

"…너희는 히이라기에게 선전포고할 생각이냐."

미츠키가 대답했다.

"구렌 님 혼자 싸우시게 할 생각은 없습니다."

"……."

"저희 부모님 세대는 다들 온건파이신 구렌 님의 아버님—이치노세 사카에 님을 따랐지만, 저희는 구렌 님을 따르겠습니다."

"……."

"무엇보다도 사카에 님께서 히이라기 가에게 고문당하신 일로 총의가 정해졌습니다. 저희도 더 이상의 굴욕을 용인할 생각 은…"

그러나 구렌은 그 말을 가로막으며 말했다.

"…알았어. 알았으니까 입 다물어."

"하지만."

"아니, 알았다니까. 난 너희의 그 기대에 부응하겠어."

미츠키의 표정이 밝아졌다.

연구자들 전원의 표정에 환희의 빛이 떠올랐다.

그러나 이것은 자살 행위다.

자신들보다 천 배 이상 큰 힘을 지닌 조직에 대항하려는 것이다.

그것을 이루기 위해서는 광기가 필요하다.

광귀(狂鬼)가 필요하다.

그러나.

"인체 실험은 최소한으로 억제해. 우리는 이성을 버리지 않은 채 이겨야 해."

"하지만."

"하지만은 무슨 하지만. 명령이야. 우리가 하고 있는 짓을 지금 당장 히이라기에게 들키면 곤란해. 그러니까 눈에 띄게 움직이면 안 돼."

"……."

"그리고 선전포고할 타이밍은 내가 결정하겠어."

"하지만 그렇게 느긋이 계시다가는…."

그러나 그 말을 가로막으며 구렌은 말했다.

"칠 거면 연내에 친다."

순간, 연구자들의 얼굴에 놀람의 빛이 떠올랐다.

뭐니 뭐니 해도 오늘로 벌써 8월도 절반이 지나가 버렸다.

연내라 함은 다시 말해 전쟁이 시작될 때까지 길어야 약 넉 달 밖에 남지 않았다는 이야기가 된다.

그러나 바로 그 히이라기를 상대로 비밀을 유지하기란 아마 그 정도가 한계일 것이다.

게다가 마히루의 그 말도 있었다.

―있잖아, 올해 크리스마스 날 한 번 세계가 멸망해.

―묵시록의 나팔이 울리고 바이러스가 창궐할 거야. 그러면 분명 지금보다 훨씬 더 힘이 필요한 세계로 바뀔걸.

바이러스―다시 말해 생물 병기가 살포될 가능성이 있다는 이야기다. 그것도 세계가 멸망할 정도의 규모라 함은 전 세계에 동시 살포된다는 이야기다.

어쩔 생각으로 '햐쿠야 교'가 그런 짓을 하려는 건지는 몰라도, 상식적으로 생각하면 '햐쿠야 교'는 항 바이러스 약을 이미 가지고 있을 것이다.

그리고 전 세계를 위협할 것이다.

우리를 따르지 않으면 다 죽을 것이다―그런 전개가 있을지도 모른다. '햐쿠야 교'는 세계적으로 상당히 큰 조직이므로 이 계획은 성공할 가능성도 분명 있다.

그렇기에 더더욱 '햐쿠야 교'는 전쟁을 시작했다.

이제 세계 멸망까지 시간이 없는 만큼 힘의 소모를 신경 쓰지 않고 '미카도노오니'와 전쟁을 시작했다.

"…하. 크리스마스에 천사가 내려와 한손에 나팔을 들고 세계를 멸망시킨다고? 농담도 정도껏 해야지. 여기는 일본이라고."

구렌은 작게 중얼거리고 살며시 웃었다.

그렇다면 너무 늦기 전에 자신들도 힘을 손에 넣을 필요가 있다.

시간이 없다.

시간은 없다.

그것은 알고 있다.

구렌은 미츠키에게 말했다.

"그러면 시작하겠다. 조용히, 천천히, 서둘러 움직이도록."

""""예.""""

전원이 대답했다.

그리고 움직이기 시작했다.

아마 더 이상 멈출 수 없을 것이다.

자신들은 히이라기에 대한 반역을 시작해 버렸던 것이다.

◆

연구실 밖으로 나오자 늘 곁에 있어 주는 두 종자가 병사들을 헤치고 가까이 와 있었다.

하나요리 사유리와 유키미 시구레였다.

두 사람은 몹시 걱정스러운 얼굴이었다.

사유리가 말했다.

"구렌 님! 잠깐 저희가 구렌 님 곁에 없었던 동안 안에서 대체 무슨 일이 있었던 건가요?!"

계속해서 시구레가 방 안을 들여다보고 연구자들이 어수선하게 움직이고 있는 것을 목격하더니, 뒤를 돌아 사유리를 향해 말했다.

"이오리 미츠키의 팔이 없어요. 기묘한 괴물의 사체가 뒹굴고 있고요."

사유리가 의아해하는 얼굴로 시구레를 보았다가 다시 구렌을 보고 말했다.

"…구렌 님. 저희한테 혹시 뭔가 숨기시는 게…."

그러나 구렌은 고개를 저었다.

"너희는 알 필요가…."

그러나 시구레가 그 말을 가로막고 차가운 표정으로 말했다.

"그럴 수는 없습니다. 저희는 구렌 님을 지키는 종자입니다. 확실하게 상황을 파악해 두지 않으면 구렌 님을 지킬 수가…."

"맞아. 그래서 말을 않는 거야. 너희는 히이라기가 운영하는 학교에서 나랑 가장 가까운 곳에서 나를 지키는 종자들이야. 때문에 저쪽에 새 나가면 곤란한 정보는 절대로 너희가 알아서는 안 돼. 만약 히이라기에게 들키면 곤란한 정보를 너희가 알게 되면…."

사유리는 고개를 끄덕였다.

"문제없어요. 잡히면 곧바로 자결할 테니까."

그 말에 시구레도 동의했다.

"그러니까…"

그러나 구렌은 웃었다.

"하, 너희 실력에 자결씩이나 할 수 있을 것 같아? 히이라기를 얕보지 마. 만약 정보를 알게 되면 너희는 이 저택 밖으로 못 나가. 다른 종자를 쓸 거야. 그러니까 내 곁에 있고 싶으면 귀를 닫아 둬."

사유리와 시구레가 그 말에 둘이서 서로 얼굴을 마주보았다.

그리고 사유리와 시구레가 말했다.

"그걸로 구렌 님 곁에 계속 있을 수 있다면…"

"그렇게 해."

구렌은 두 사람에게 등을 돌리고 걷기 시작했다.

"도쿄로 돌아가겠어. 차는?"

"이미 준비 다 됐습니다."

"그럼 가자. 내일은 다시 학교다."

그리고 구렌은 걷기 시작했다.

"**저** 분이 이치노세 구렌 님이야."

그런 목소리가 들려왔다.

제1시부야 고교 교실.

분명 얼마 전까지만 해도 이곳에는 적밖에 없었다.

매도의 목소리와 심술과 콜라 페트병이 날아들어야 했는데—.

교실 문이 열리고, 복도에서 몇몇 학생들의 목소리가 들려왔다.

"쿠레토 님의 직속 부하로 발탁되셨대."

"실력이 있는 걸 계속 감추고 있다가 쿠레토 님이 그 실력을 꿰뚫어 보셨다고 하더라."

"신야 님과도 사이가 좋은 모양인 데다 주조 가, 고시 가의 두 사람도 인정한다는 거야."

"야, 누구냐? 이치노세의 쥐새끼 어쩌고 하면서 바보 취급한 게?"

"너도 그랬잖아."

"안 그랬어! 헛소리 마!"

구렌은 몹시도 기분 나쁜 그 대화를 흘려들으며 멍하니 책상에 팔꿈치를 세우고 손으로 턱을 괴었다. 잠이 모자랐던 것이다.

간밤 내내 아이치—도쿄 간 도메이 고속도로를 시속 150킬로미터로 달리는 차 뒤 좌석에 앉아 있기는 했지만, 앞으로 일어날 일에 대한 생각이 그 와중에 머릿속을 빙글빙글 맴돌아 좀처럼 잠을 이룰 수가 없었다.

"……."

구렌은 졸린 눈동자를 창밖으로 향했다.

44

에어컨이 시원하게 켜져 있는 교실 안에 있다 보니 알 수 없었지만, 바깥은 풍경이 일그러져 보일 정도로 더운 것 같았다.

오늘은 8월 20일.

일반 학교라면 아직 여름방학이었겠지만, 이 학교의 제도는 그렇게 느긋하지 않았다.

뉴스에서는 연일 최고 기온을 갱신했다며 떠들썩했다. 어째서 이렇게 더워진 것인가? 이대로 온난화가 계속되면 이상 기후로 식량 문제가 생기는 것은 아닌가? 뭐 그런 이야기가 오갔지만, 애당초 세계가 올해 크리스마스 날에 멸망할지도 모르는 상황이라면 식량 문제 같은 것 가지고 떠들어 본들 아무 의미도 없었다.

"…구렌. 구렌!"

누가 이름을 불렀다.

그러나 구렌은 한참 동안 창밖을 계속 바라보았다.

그러자 목소리의 주인이 성질을 냈다. 타앙 하고 책상을 쳤다.

"잠깐, 이치노세 구렌! 왜 내 말을 무시하는 거죠!"

구렌이 성가신 듯이 그쪽으로 시선을 옮기자 같은 반 소녀가 서 있었다.

특징적인 붉고 아름다운 머리카락에 기가 드세 보이는 치켜 올라간 눈, 뽀얀 피부.

명문 · 주조 가의 딸—주조 미토였다.

미토가 말했다.

"매일 매일 수련도 안 하고 흐느적흐느적 절제 없는 태도에… 쿠레토 님이 마음에 들어 하시고 좀 유명해졌다고 해서 우쭐거리는 건가요?"

"누가 우쭐거린다고?"

구렌이 대답하자 미토는 또다시 성질을 냈다.

"당신 말이에요! 이치노세 구렌. 수업 태도도 거만하고, 대련이나 주술 시험에서도 실력을 안 보이고. 대체 어쩌려고 그러는 건가요?!"

그 질문에 구렌은 어찌 대답해야 할지 고민했다. 애당초 자신에게는 이곳의 수업 레벨이 너무 낮았다. 배울 것이 아무것도 없었다.

게다가 이곳에 있는 녀석들은 다 적이다. 적에게 실력을 보여줄 필요는 없었다.

때문에 매일매일 흐느적흐느적 절제 없이 태만한 모습이나 계속 보여주게 된 것인데—그러나 그런 설명을 해 본들 미토에게는 통하지 않을 것이다.

히이라기 내부에서 평가나 명성이 올라가기 시작한다—그것은 이곳에 있는 인간들에게는 몸이 부들부들 떨릴 정도로 기쁜 일일 것이다.

때문에 구렌은 지금 우쭐해도 이상하지 않을 정도의 기쁨에 부들부들 떨 필요가 있는데 말이다.

그것을 어느 정도 연출할 필요가 있는 걸까? 아니, 하지만 태도가 나쁜 것과 실력은 이미 쿠레토에게 들켰으니까 그럴 필요는 없는 걸까?

등등 이런저런 생각을 해 보았지만,

"…하암~."

입에서 하품이 나왔다.

그러자 미토가 더욱 더 성질을 냈다.

"그 태도는 뭐죠!"

"그렇게 옆에서 꺅꺅거리면 귀 아프다니까."

"도대체, 아까 그 대련 수업에서도 카이즈키 군에게 순식간에 지는 걸 봤는데… 그건 뭐 하자는 건가요? 당신의 실력은 그 정도가 아니잖아요!"

구렌은 그 말에 어깨를 으쓱이며 대답했다.

"아니, 그 정도 맞잖아."

미토가 치켜 뜬 눈을 더욱 더 치켜 올리며 말했다.

"그 태도가 곤란하다니까요!"

"곤란해? 왜? 네가 곤란할 이유 같은 게 어디 있어?"

미토가 기세 좋게 말했다.

"그야 당연하잖아요! 당신이 대충대충이면 주변에서 다들 당신과 함께 다니는 다른 명가 출신 사람들도 다 얕본다는 걸 왜 깨닫지 못하는 건가요?"

그게 또 그런 모양이었다.

쿠레토의 직속 부하로서 주조나 고시와 부대를 짜게 된 지금, 구렌이 약한 모습을 보여주면 다른 부대원도 체면이 서지 않는다, 그런 이야기였다.

구렌은 그 말에 웃었다.

"왜 내가 너희 평판까지 신경 써 줄 필요가 있지?"

"그건… 같은 쿠레토 님의 직속 부하로서, 앞으로 함께 힘낼 동료니까, 그 정도…."

그러나 그 말에 구렌은 듣기를 그만두었다.

동료.

동료라고?

쿠레토 님 배하의 동료?

너무나도 명예로운, 히이라기 쿠레토 님의 발탁을 받은 부하.

그 말의 그 어감에,

"…하핫."

하고 자조적으로 웃고, 또 한 차례 하품을 한 뒤 다시 팔꿈치를 세우고 손으로 턱을 괴었다.

"잠깐, 구렌!"

미토가 외쳤다.

그러자 옆자리에 있던 남자가 히죽히죽 웃었다.

히이라기 신야였다.

"자, 자, 미토. 그쯤 해 둬. 녀석이 태만하고 성격 꼬인 게 뭐 어제 오늘 일도 아니고 말이야."

미토가 히이라기의 양자에게 송구하다는 듯한 표정을 지었다.

"아, 신야 님. 하지만…."

"게다가 녀석 정도 되는 레벨의 실력자에게 이 학교의 수업은 지루하기만 할걸. 안 그래, 구렌? 내 말 맞지?"

"……."

무시하자 또 다시 미토가 성질을 냈다.

"잠깐, 구렌! 신야 님까지 무시하다니, 대체 무슨 짓이죠!"

그 고함을 듣는데 복도에서 또 다시 목소리가 들려왔다.

"야, 역시 소문이 사실이었어. 신야 님이나 주조 가 딸이랑 저렇게 사이가 좋잖아…."

"그럼 진짜 반항적이던 분가 이치노세 가가 히이라기에… 쿠레토 님에게 붙었다 이거야…?"

그 목소리에,

"……."

구렌은 창밖을 바라보며 살며시 입술을 깨물었다.

이치노세 가는 과거 그 누구보다 히이라기에게 충성을 바치며 모든 부하 중에서도 최대의 권력을 휘두르던 명가였다.

그러나 그들은 500년 전—히이라기와 절교, '미카도노츠키' 라고 불리는 별도의 종파를 세웠다.

당시의 상황이 어땠는지에 관련해서는 정확한 정보가 없다.

그러나 그 이유는 알려져 있다.

그것은 딱히 대단할 것도 없는 단순한 러브 스토리였다.

슬픈 러브 스토리.

옛날 이치노세 가의 장녀로 태어난 소녀는 너무나도 아름다웠던 나머지 히이라기 가의 장남과 차남이 그 소녀를 놓고 다투었다고 한다.

결국 우여곡절 끝에 소녀의 연심은 차남이 쟁취했다.

그러나 장남은 그것을 인정할 수 없었다.

때문에 어느 날 밤, 장남은 소녀를 능욕해 자신의 아이를 배게 하고, 더불어 차남을 거세해 버렸다.

그리고 자신의 아이를 밴 소녀와 차남을 집에서 추방해 버렸다.

추방된 차남은 이치노세의 딸과 함께 '미카도노츠키' 라는 이름의 새로운 종교 조직을 세웠다.

그것을 장남이 박살내기란 어렵지 않았다.

뭐니 뭐니 해도 장남은 바로 그 히이라기 가의 후계자였던 것이다.

'미카도노오니'를 이끄는 히이라기의 후계자였던 것이다.

그러나 장남은 차남과 이치노세의 딸이 만든 조직을 박살내지 않았다.

그 이유는 욕보이기 위해서.

자신을 따르지 않았던 이치노세의 딸을, 자신을 거역한 동생을 영원히 바보 취급하고 욕보이기 위해서.

살아서 수치를 맛봐라.

살아서 자자손손 미래영겁 수치를 맛봐라.

당연하게도 거세된 차남과 소녀 사이에는 앞으로 아이가 태어날 수 없었다.

때문에 장남에게 능욕당해 생긴 그 아이를—히이라기 가 당주의 아이를 '미카도노츠키'의 당주로 키웠다.

차남은 늘 비웃음 당했다.

소녀는 늘 비웃음 당했다.

두 사람에게는 사랑이 있었다.

그러나 그것 외에는 모든 것을 빼앗겨 버렸다.

모든 가문의 인간들이 비웃었다.

조소했다.

거역하니까 이런 꼴이 되는 거다.

히이라기에 거역하니까 이런 꼴이 되는 거다.

그렇게 비웃으라고 모든 가문의 인간들이 교육받았다.

때문에 이치노세는 영원히 쥐새끼였다.

태어날 때부터 더러운 쥐새끼.

그러나 오랜 세월이 흐르자 그것도 다 먼 옛날이야기가 되었다.

새로운 세대인 구렌이나 히이라기의 인간에게는 아무 상관도 없는 이야기였다.

때문에 쿠레토는 태연히 구렌을 등용하겠다고 했다. 히이라기의 장자가 이치노세 가를 인정한다고 했다.

그것은 전통에 반하는 행위인지도 모른다, 그러나 합리적이다. 조상의 러브 스토리 따위, 아무도 관심 없기 때문에.

그리고 이치노세 가는 단독 가문으로는,

니이(二醫). 산구(三宮). 시진(四神).

고시(五士). 리쿠도(六道). 시치카이(七海).

핫케(八卦), 쿠키(九鬼), 주조(十條).

그리고 이치노세(一瀬) 가를 더하면 딱 10이 되는 명가 중에서도 분명 최대의 세력을 지녔다.

그 가문이 쿠레토에게 붙었다─그것은 큰 화제가 될 것이다.

어쩌면 쿠레토는 그런 정치적인 이유까지 다 고려해서 구렌을 장기말로 거두기로 한 것인지도 모른다.

쉬는 시간이 끝나고 수업이 시작되었다.

미토는 여전히 성질을 내며 자리로 돌아갔다.

중간에 고시가 웃으며 미토에게 말했다.

"너 진짜 끈질기다. 왜 그렇게 구렌을 신경 쓰는 거야? 혹시 구렌한테 반하…"

"시끄러워요!"

말이 끝나기도 전에 고시가 얻어맞았다.

고시가 웃었다.

그러나 교실 안의 다른 누구도 웃지 않았다. 명가의 인간을 앞에 두고 웃다가 나중에 앙갚음 당하는 것이 두려웠기 때문이다.

때문에 전원이 억지 웃음만을 지을 뿐이었다.

결국 주조도 고시도 공포의 대상이었다.

교사가 교단에 섰다. 4교시가 시작되었다.

서양 마술 대처법에 대해서, 라는 수업이었지만 역시 구렌은 흥미가 없었다.

바로 그때, 옆에 앉아 있던 신야가 구렌의 어깨를 툭툭 쳤다.

"있잖아, 구렌."

"……."

"있잖아."

"시끄러워."

"맞다. 하긴, 수업 중이니까. 좀 더 목소리를 낮춰 말하는 게 낫나?"

"그런 뜻이 아냐."

그러나 신야는 의자를 바짝 대고 다가왔다. 귓가에 다가와 목소리를 작게 낮추었다.

"…이 정도로 낮추면 선생님한테 혼 안 나려나?"

그 말에 구렌은 성가신 듯 돌아보았다.

신야는 역시 히죽히죽 웃고 있었다. 이 학교에 히이라기의 이름을 지닌 인간을 감히 혼낼 교사 따위 없는 줄 알고 있으면서도 신야는 즐거운 듯이 그런 식으로 말했다.

그 말에 구렌은 더 이상 한 마디도 하지 않았다. 녀석이 성가시게 구는 것은 어제 오늘 일이 아닌 만큼 대답해 주지 않을 것이다.

그럼에도 신야는 아랑곳하지 않고 귓가에다 속삭였다.

"오늘 밤 '햐쿠야 교'가 접촉해 올 거야. 그러니까 어디서 만나자."

순간 구렌은 자신도 모르게 눈을 크게 뜨고 말았다.

신야를 보았다.

왜냐하면 방금 그 발언은 '미카도노오니'에서 운영하는 학교 교실 한복판에서 해도 될 말이 아니었기 때문이다.

만약 누가 듣기라도 하면 곧바로 붙잡혀 고문당한 뒤 처형당할지도 모를 발언.

그러나 신야는 히죽히죽 웃고 있었다. 아마 이 발언을 하기 위해 주도면밀한 준비를 해 두었을 것이다.

그러나 그래도,

"…이런 형태로 깜짝 놀라게 하는 건 싫은데."

구렌이 말하자 신야가 웃었다.

"미토가 성질을 낼 정도로 무시만 하는 네 탓이야."

"웃기지 마. 네 장난에 맞장구 쳐 줄 생각은…."

그러나 진지한 눈동자로 신야가 구렌을 바라보며 말했다.

"장난치는 거 아냐. 나도 쓸데없는 장난에는 관심 없어."

구렌은 신야를 노려보았다.

신야는 히죽히죽 웃으며 그 시선을 받아냈다.

녀석을 믿을 생각은 없었다.

마히루가 남긴 '요한의 4기사'라고 불리는 키메라의 파편을 넘겼다는 점에서 어느 정도 신용해도 괜찮을 가능성이 없지는 않지만, 그러나 부주의하게 믿었다가는 손해를 보면 보았지 이득을 볼 일은 없을 것이다.

때문에 신중히 대응할 필요가 있었다.

"……."

구렌은 대답하지 않았다.

신야는 멋대로 구렌의 책상 위에 종이를 올려 놓았다. 종이에는 오늘 밤 만날 장소가 적혀 있었다.

그 종이에는 신야의 지문이 찍혀 있었다. 이것을 구렌이 쿠레토에게 넘기면 아마도 '햐쿠야 교'와의 접촉 장소를 히이라기 가가 습격, 오늘 당장이라도 신야를 처형할 것이다.

다시 말해 신야는 또 다시 스스로 상대에게 약점을 들이밀고 양보를 해 왔다는 것이다.

의아해하는 얼굴로 구렌은 말했다.

"…왜 그 정도로 날 믿는 거야?"

신야는 웃었다.

"오히려 넌 왜 그 정도로 날 경계하는지 이상하다니까."

"얼굴이 짜증나니까 그렇지."

"아하하, 이렇게 프렌들리한 얼굴인데도?"

"시끄러워."

"…게다가 넌 날 모를지 몰라도 난 늘 네 이야기를 들었거든."

"……."

"어릴 때부터 늘. 마히루와 만날 때마다 늘…. 마히루는 온통 네

이야기만 했거든."

라고 하는 것이었다.

구렌은 그 말에 웃었다.

"그래서, 질투 나서 죽을 것 같았어? 넌 마히루를 좋아했던 거야?"

신야는 그 말에 미소 지었다.

"마히루는, 글쎄. 좀 좋아했을지는 몰라도 그렇게까지는 아니었으려나."

"…흠."

"하지만 너한테는 질투가 났어."

"뭐? 뭐야 그게."

"어떤 녀석일까, 늘 몽상했어. 내 앞에 나타나면 누가 더 강한지 시험해 보겠다든가, 어떻게 생긴 녀석일까 하는 거라든가."

그 말에 떠올랐다.

처음 이 학교에 등교한 날, 신야가 느닷없이 습격해 온 것이.

물론 지금 녀석이 하는 말이 진실인지 아닌지는 알 수 없지만, 어느 정도는 신용해도 괜찮은 이야기일지도 모른다.

신용이란 말이 통하는 세계에 살고 있다면 말이지만.

구렌은 신야가 책상 위에 놓은 종이를 손으로 집었다. 신야의 지문이 지워지지 않도록 주머니 안에 감추었다.

지문을 보존하려 하는 그 움직임을 눈치챈 건지, 신야가 또 다시 웃었다.

"신중하네."

"뭐니 뭐니 해도 당장 박살날지도 모를 쓰레기 분가 출신이라서 말이야."

그러자 살짝 불만스러운 듯이 신야가 구렌을 보며 말했다.

"…방금 그 비굴한 발언… 마히루라면 곧바로 언짢은 표정을 지었을 텐데, 왜 마히루는 네가 그렇게 좋았던 걸까."

"내가 더 프렌들리한 얼굴이라서 그랬던 게 아닐까?"

라고 말하자 신야는 구렌을 보고 기가 막힌다는 듯이 웃었다.

"…하, 하하하."

구렌은 창으로 시선을 옮겼다.

여전히 교정은 타오를 듯이 더웠다.

여름.

한여름.

만약 세계가 크리스마스 날에 끝난다면 이것이 마지막 여름이 될 것이다.

◆

수업 후 홈룸이 끝나고 곧바로 전화가 걸려 왔다.

휴대전화에 뜬 이름은 '히이라기 쿠레토'.

히이라기 가의 차기 당주 후보로, 이 학교에서는 누구도 거역할 수 없는 학생회장.

구렌은 통화 버튼을 눌러 전화를 받았다.

"왜?"

[흠. 어쩐 일이십니까, 쿠레토 님—이라고 해야지.]

"부하에게 예속을 강요하는 타입이었나?"

[아니 뭐, 농담이지만.]

"네 농담은 재미없거든. 부하들이 너무 떠받들어 주다 보니 머리가 맞이 간 거 아냐?"

[하하하, 죽고 싶은 거냐?]

"죽이고 싶으면 죽이든가. 너라면 언제든 할 수 있을 텐데."

[⋯흠. 하지만 뭐, 네 그런 태도는 마음에 드니까.]

"호. 어떤 태도가 마음에 든다고?"

[입은 험하지만 날 당해낼 수 없다는 입장을 제대로 이해하고 있다는 점 말이다.]

"⋯⋯."

구렌은 대답하지 않았다. 사실이기 때문이다. 지금은 절대로 당해낼 수 없다.

쿠레토를 당해낼 수 없다—그런 의미가 아니다. 히이라기 가를 이치노세 가는 당해낼 수 없다.

'미카도노오니'를 '미카도노츠키'는 당해낼 수 없다.

어린애들 싸움이 아니다. 검으로 겨뤄 이긴다 한들 아무 의미도 없다.

자신에게 누군가 사랑하는 사람이 있다고 치고, 만약 쿠레토가 그 사람을 빼앗아 능욕해 아이를 배게 한다고 해도 반항조차 할 수 없다.

500년 전과 마찬가지다.

상황은 아무것도 변한 것이 없다.

집에 갈 준비를 마친 미토와 고시가 구렌을 보았다.

고시가 구렌을 보고 반쯤 웃는 얼굴로 말했다.

"학교 끝나기 무섭게 바로 전화라니, 여친이나 뭐 그런 거야?"

미토가 그 말에 반응했다.

"…웃?!"

왠지 구렌을 노려보았다.

구렌은 무시하고 전화 속 상대와 이야기를 계속했다.

"그래서, 무슨 일인데?"

[내일 점심시간에 학생회실로 와라.]

"싫은걸."

[하하, 하지만 넌 거부할 수 없을걸. 그럼 내일 보자.]

"쳇."

구렌이 혀를 차는 순간 전화가 끊겼다.

옆에 있던 신야가 의자에 앉은 채 구렌을 올려다보며 말했다.

"쿠레토 형이야?"

"여자 친구야."

구렌이 말하자 또 다시 미토가 생트집을 잡아 댔다.

"…자, 잠깐! 아직 수행 중인 몸으로 여자 친구를 사귈 틈이 어디 있다고 그래요?"

무슨 소리 하는 거야, 애는 또.

구렌은 기가 막힌다는 얼굴로 미토를 보고 한숨을 쉬면서 또 다시 무시했다. 미토가 살짝 뺨을 붉히며 점점 더 화가 나는 듯 구렌을 노려보았다. 그러자 고시는 왠지 웃기 시작했다.

구렌은 아랑곳하지 않고 가방을 손에 들고서 자리를 떴다.

그러자 등 뒤에서 미토가 화가 난 듯한 말투로 말했다.

"여자가 부른다고 부리나케 달려가는 건가요? 꼴사납기는."

그러자 신야가 웃으며 미토에게 말했다.

"방금 그 전화, 쿠레토 형의 호출이야."

"…어? 어라, 어? 그랬던 거?"

신야가 물었다.

"학생회실로 가?"

구렌은 고개를 저었다.

"아니, 내일 점심시간에 오래."

그러나 그 순간 미토가 또 다시 소란을 떨었다.

"자, 잠깐, 설마 구렌, 당신, 쿠레토 님께 그런 태도로 굴었던 건가요? 그게 더 큰 문제…."

"진짜 시끄럽네."

"시끄럽네는 무슨 놈의 시끄럽네! 잠깐 나랑 얘기 좀 해요…."

그러나 미토의 고함을 뒤로하고 구렌은 교실을 나섰다. 미토가 더 시끄럽게 굴 것 같아 문을 닫아 버렸다.

복도에는 이미 사유리와 시구레가 기다리고 있었다. 두 사람은 현재 바로 옆 반이었다.

사유리가 두근거리는 얼굴로 기쁜 듯이 웃으며 구렌을 올려다보고 말했다.

"아, 아, 구렌 님. 기다렸어요!"

계속해서 시구레가 차가운 말투로 말했다.

"…오늘은 히이라기의 쓰레기 놈들에게 무슨 봉변은 안 당하셨는지요?"

뒤에서는 미토에게 '쿠레토 님께 그런 말버릇이 어쩌고 저쩌고'

라며 한 소리 듣고, 지금 바로 앞에서는 종자가 히이라기의 쓰레기 운운.

너무나 극심한 이 갭에 웃음이 터질 듯한 기분을 느끼며 구렌은 대답했다.

"딱히, 평소대로야."

그러자 사유리는 살짝 걱정되는 얼굴로 말했다.

"평소대로요? 콜라를 던지고 그러던가요?"

뒤이어 시구레가 어두운 얼굴로,

"만약 그런 거면 역시 히이라기 놈들을 몰살해 버려야겠군요."

라며 교복 소매에 숨겨 둔 칼날을 손바닥으로 꺼냈다.

그럼에도 불구하고 사유리는 그것을 완전히 무시하고 즐거운 듯이 말했다.

"그런데 구렌 님! 오늘은 뭘 드시고 싶으신가요? 구렌 님께서 드시고 싶은 거라면 뭐든지 제가 다 해 드…."

"카레."

"네에? 또요~?"

바로 그때, 문이 열렸다. 미토가 복도로 나오려다가 눈초리 사나운 시구레를 알아차렸다.

"아, 유키미 씨…. 웬일인가요, 그렇게 무서운 얼굴로?"

"아뇨, 아무것도 아닙니다."

"그나저나 마침 잘 만났어요. 유키미 씨도 한 마디 해 줄래요? 그 불량한 말버릇이랑, 쿠레토 님에 대한 불량한 태도가 유키미 씨 주인의 입장을 몹시 악화시킨다고요."

그러나 시구레는 차가운 눈동자로 미토를 올려다보며 말했다.

"구렌 님께서 하시는 일에는 아무 문제도 없습니다."

"하지만 그쪽 종자 분들이 그렇게 어리광을 받아 주니…."

"다른 가문 분에게서 주인의 험담은 듣고 싶지 않습니다. 듣기 불편하니 말씀 좀 자제해 주시면 안 될까요?"

"…으."

거북한 듯이 미토의 말문이 막혔다. 도움을 청하듯 힐끗 구렌을 보았다.

"왜 날 봐?"

구렌이 말하자 미토는 왠지 살짝 얼굴을 붉히며 말했다.

"…나, 난 그저, 당신을 위하는 일이란 생각에…."

"쓸데없는 참견이야."

그러자 미토의 등 뒤에서 고시가 나타나 말하는 것이다.

"자, 더 이상 여럿이서 미토 괴롭히기 없―기. 오늘은 그 뭐냐, 다 같이 사이좋게 구렌네 집에 놀러가기로 한 날이기도 하니 사이좋게 지내자고."

그것은 생판 처음 듣는 이야기인지라,

"뭐? 뭐야, 그게?"

라고 자신도 모르게 구렌이 말하자 고시가 웃었다.

"그야~. 그 뭐냐, 같은 쿠레토 님 직속 부대의 동료기도 하고, 슬슬 서로 간에 친교를 쌓고 싶지 않아?"

"아니. 전혀 그럴 생각 없는데."

"응, 그렇지? 그래서 나한테 좋은 제안이 있거든. 다 같이 구렌네 집에 놀러가는 거야."

"너 자꾸 헛소리 할래? 누가 봐도 대화가 성립…."

그러나 뒤이어 교실에서 신야가 나왔다.

"뭔데, 뭔데, 그 재밌는 계획? 나도 가 볼까~?"

그 말에 구렌은 넌더리가 나는 듯이 고개를 저으며 발길을 돌렸다.

"바보 같은 소리. 가자."

라며 두 종자를 대동하고 걷기 시작했다.

그러나 사유리와 시구레는 힐끗힐끗 뒤를 보았다.

구렌이 물었다.

"…세 명 다 따라오고 있어?"

"예."

"…휴. 저 녀석들, 진심이었나."

시구레가 구렌을 올려다보며 말했다.

"죽일까요?"

"넌 미토랑 비기는 게 한계였잖아."

"…그건, 그렇지만… 으으… 실력이 부족해 죄송할 따름입니다…."

"아니, 뭐, 딱히 화난 건 아니지만 말이야."

구렌은 시구레의 머리에 손을 얹고 토닥토닥 쓰다듬어 주었다. 순간, 시구레는 놀란 듯이 구렌을 올려다보았다. 평소에는 무표정한 얼굴을 살짝 붉혔다.

그러나 그보다 그 옆의 반응이 굉장했다. 옆에서 사유리가 말했다.

"아! 아! 뭐예요, 그게! 잠깐, 너무해요! 저도! 저도 머리 쓰다듬어 주세요, 구렌 님!"

그러나 시구레가 손으로 사유리를 홱 밀치고 말했다.

"…어림없어요―. 지난번 자기 멋대로 고백해 구렌 님께서 머리를 쓰다듬어 주셨던 사유리는 어림도 없어요―. 이번에는 제 차례예요."

"우우~. 유키 너무해. 저도 쓰다듬어 주세요."

"어림도 없다니까요."

"그치만 그치만."

그러나 두 사람의 표정은 이미 모든 것을 이해한 표정이었다.

머리를 쓰다듬으며 구렌은 시구레의 귀에 조금 전 신야가 넘긴 메모를 꽂았던 것이다. 그 안에는 시간과 장소만 달랑 적혀 있었다.

오전 2시
히카리가오카 공원
테니스 벽치기 코트 앞에서

'햐쿠야 교'와의 접촉 장소였다. 물론 메모에 '햐쿠야 교'란 이름은 적혀 있지 않았지만, 접촉하기 위해서는 나름대로 준비가 필요했다. 무장할 필요가 있었다. 그것도 비밀리에, 누구에게도 들키지 않고.

시구레가 말했다.

"농담은 이만하고, 오늘은 세탁물 찾아 가는 날이었죠. 그러니까 저 먼저 가겠습니다. 사유리는?"

"난 슈퍼. 오늘, 다들…."

하고 또 다시 등 뒤로 시선을 옮겼다. 그 말에 구렌이 대답했다.

"어쩌면. 저 녀석들, 성가시니까 뿌리칠 수 없을지도 몰라."

"그런가요. 그럼 혹시 모르니까 다른 사람들 몫까지 식사를 준비할게요."

그 말에 고시가 다가와 말했다.

"앗, 사유리가 직접 만든 요리를 먹을 수 있는 거야? 기대된다."

그러나 사유리는 쌀쌀맞은 태도로 고시를 향해서 미소를 짓더니,

"카레로 할게요, 구렌 님."

라는 말과 함께 빙글 등을 돌려 시구레와 함께 종종걸음으로 사라졌다.

그 뒷모습을 보며 고시가 구렌 옆으로 오더니 말했다.

"…구렌 너무 치사해~. 저렇게 귀여운 애들을 둘이나 종자로 데리고 다니고."

뒤이어 신야가 고시 옆으로 오더니 말했다.

"고시도 종자 붙여 달라고 하면 되잖아."

"아, 신야 님…. 아뇨 그게, 저보다 동생이 더 우수해서요. 저 같은 건 아무도 기대를 안 한다고 할까."

"하지만 쿠레토 형 부하가 된 뒤로…."

"아, 맞다 맞다. 맞아요. 그 뒤로 갑자기 저희 집 사람들 태도가 확 바뀌더라고요. 하지만 그게 또 짜증나는 거 있죠. 동생도 더 시비를 걸어 대고…."

이런저런 이야기를 하며 두 사람은 구렌의 옆으로 와 나란히 걸었다.

"너희들, 진짜 우리 집까지 오려고 그래?"

구렌이 말하자 고시가 고개를 끄덕였다.

"응. 괜찮지?"

뒤이어 신야가 웃으며 말했다.

"아, 그거지? 야한 책 숨겨 놔서 누가 오면 곤란한 거지?"

그러나 딱히 야한 책이 있다고 해서 곤란할 것은 없었다. 게다가 히이라기에서 조사를 나와도 들키면 곤란할 만한 것은 놔 두지 않았다.

그건 그렇다 쳐도 어째서 고시가 갑자기 집에 오겠다고 하는 것일까. 그것은 아마 신야도 궁금해 하고 있을 것이다.

뭐니 뭐니 해도 오늘은 '햐쿠야 교'와 접촉할지도 모르는 것이다.

그것을 쿠레토에게 들킨 것인지, 아닌지—.

예를 들면 내일 점심시간에 학생회실로 오라고 한 명령 자체가 위장이었고 사실은 오늘 밤 '햐쿠야 교'와 접촉할 예정이라는 것을 이미 다 알고 있었다, 라든가.

구렌은 고시에게 단도직입적으로 물었다.

"하, 쿠레토가 날 감시하라 그래?"

신야가 구렌을 보았다. 역시 신야도 그것을 염두에 두고 있었다.

그러나 고시는 어깨를 으쓱이며 대답했다.

"아니. 쿠레토 님은 아무 말씀도 안 하셨는데."

"그럼 왜 갑자기 우리 집에 오겠다고 하는 거야?"

"그야, 동료잖아."

"뭐어?"

"같은 반 친구기도 하고, 일반 학교라면 아직 여름방학 아냐."

"그게 뭐 어쨌다는 거야?"

"슬슬 다 같이 놀고 그럴 때가 아닌가—싶어서. 안 그래?"

그러나 구렌은 모를 일이라는 듯 고개를 저으며 말했다.

"도저히 의미를 모르겠는데."

그 말에 고시가 웃었다.

"진짜? 뭐, 그거 말고 또 다른 건~, 어제 우리 부모님이 그러더라."

"부모님? 쿠레토 마음에 든 이치노세와 사이좋게 잘 지내라고 그래?"

그러나 고시는 고개를 저었다.

"아니 아니, 그 반대야. 이치노세의 쓰레기는 어차피 싹수가 노란 배반자가 분명하니 금방 마각을 드러낼 거라고. 그러니까 너무 가까이하지 말라고 그러더라."

그 부모님은 보는 눈이 있군, 이라고 구렌은 속으로 생각했다. 그러나 고시는 그것에 반항하려는 모양이었다.

"부모님 말은 좀 들어. 불량아 되는 수가 있다."

"불량아 좀 되면 어때."

"반항기 온 애냐."

"하하, 함께 훔친 오토바이로 달린다*? 그것도 여름다워 괜찮겠다~."

※청춘의 방황을 노래해 대히트했던 80년대 일본 가수 오자키 유타카의 히트곡 〈15세의 밤〉의 패러디.

"죽어."

"하하하."

고시는 웃었다.

그 옆에서 신야가 말했다.

"고시는 오토바이 면허 있어?"

"아, 없는데요. 신야 님은?"

"나도 없어. 훈련은 받았으니까 탈 수는 있지만 말이야~."

"아, 저도요~. 역시 공적인 걸 따 두는 게 좋으려나요? 저, 타고 싶은 오토바이가 있는데."

그런 이야기를 나누며 여전히 따라왔다. 정말 집에 쳐들어 올 생각 같았다.

신야와 고시가 오토바이 이야기를 하는 와중에 미토가 말했다.

"…잠깐 뭐 하나, 물어봐도 될까요?"

이 녀석도 오려는 모양이었다.

"뭔데."

"저, 아까 당신, 유키미 씨 머리를 쓰다듬었죠?"

"흠."

"저, 그… 그게."

"뭔데."

말하기 거북한 듯, 미토가 말했다.

"…두 사람은 그, 사귀는 건가요?"

"뭐어?"

"저, 아니면, 정식으로 사귀는 사이도 아니면서 그렇게 종자를 허물없이 대하는 건가요? 서, 설마, 밤에도…?"

"뭐야 그게."

"거역 못 하는 종자를 건드리다니 당신, 대체 어쩔 생각…."

"아 진짜 시끄럽다고."

구렌은 한숨을 쉬면서 듣기를 그만두었다.

이 녀석들 대체 아까부터 뭐야? 시답잖은 이야기만 해 대고, 꼭 일반 학교 학생처럼 소란 떨고. 애당초 동료와 함께 논다, 그런 개념 자체를 이해할 수가 없었다. 구렌의 집에 모여 대체 무엇을 할 생각들이란 말인가?

설마 함정인가?

"…참 내."

학교 건물 밖으로 나왔다.

여전히 더웠다.

교정에서 학생들이 훈련을 하고 있었다. 이곳은 그런 학교였다. '햐쿠야 교'의 습격으로 학생들의 수가 줄어도 휴교를 하지는 않았다.

아직 함구령이 계속되고 있었다. '햐쿠야 교'와 전쟁 상태라는 사실은 상당히 지위가 높은 자들밖에 모르는 일이었다.

그럼에도 불구하고 소규모 분쟁은 시작된 뒤였다. 이미 일본뿐만 아니라 세계 각국의 지부에서 충돌이 일어나기 시작했다.

때문에 오히려 '미카도노오니'의 본부가 있던 시부야는 전 세계에서 가장 평온한 장소인지도 모른다.

아무리 '햐쿠야 교'라도 쉽사리 시부야를 공격할 수는 없었다.

물론 내부에 배반자가 있었던 이 학교는 예외였지만.

구렌은 교정을 바라보며 마히루를 떠올렸다. 교정을 학생들의 피로 시뻘겋게 물들이던 소꿉친구를.

미토가 그런 구렌의 시선을 눈치챘다.

"…어쩐지 눈 깜짝할 새 시간이 흘러가 버렸네요."

미토도 교정을 바라보며 같은 걸 떠올리고 있는 걸까?

피와 시신이 넘쳐 나는 광경을.

"응. 그러게."

자신은 한 발짝도 앞으로 나아가지 못하고 있는데 시간만이 덧없이 지나가는 것처럼 느껴졌다.

미토가 말했다.

"이 짧은 시간 동안 당신은 두 번이나 내 목숨을 구해 줬어요."

"그냥 어쩌다 그런 거야."

미토는 살짝 곤란하다는 듯이 웃으며 구렌을 올려다보았다.

"…그냥 어쩌다 그렇게 만신창이가 돼서 한 달이나 혼수상태에 빠졌던 건가요?"

"요령이 없거든. 그리고 내가 또 자는 게 취미라 말이야."

"농담으로 이리저리 빠져나가기만 하고…. 하지만 구렌."

미토는 구렌의 등을, 셔츠를 움켜쥐며 말했다.

"…당신한테는 감사, 하고 있어요. 그러니까, 답례를 하고 싶어요."

"답례라. 예를 들면?"

"예를 들면, 당신이 쿠레토 님의 인정을 받아 '미카도노오니' 내부에서 지위를 확고히 할 때까지 내가 지원한다든가."

쓸데없는 참견—이라고 생각했지만 입 밖에 내지는 않았다.

"…게다가 지금의 이치노세라면 아버님 허락도 안 떨어질 테고⋯."

"응?"

"아뇨, 방금 그건 혼잣말이에요."

왠지 살짝 부끄러운 듯이 한 발짝 물러났다.

그런 미토의 마음을 알 수가 없었다.

고시의 마음도 알 수가 없었다.

어째서 이치노세의 쓰레기 따위를 편들어 줄 생각을 한단 말인가? 아이치에서는 들키면 곧바로 히이라기의 제재를 받게 될 금주의 연구가 이미 시작되었건만.

그런데 이 녀석들은 어째서 쉽사리 자신을 믿는단 말인가?

동료? 친구? 쿠레토 밑에서 지위를 확고히 해? 그 발언은 너무나 어리석었다.

고시의 부모가 말한 대로 싹수가 노란 배반자 이치노세는 위험하니 멀리함이 마땅하다.

그런데 동료가 되자고 한다. 같은 쿠레토의 부하끼리 친교를 다지자고. 자신을 전혀 의심하지 않고 즐겁게 웃는 아가씨, 도련님으로 자란 두 사람을 바라보며 생각했다.

"⋯⋯."

이 두 사람을 자신은 죽일 수 있을까?

적이니까, 이 녀석들은 이치노세의 적이니까, 언젠가 반드시 그 타이밍이 올 것이다. 그때 자신은 죽일 수 있을 것인가?

우에노에서는 죽일 수 없었다. 죽였어야 했는데도 그럴 수 없었다. 그것이 옳은 판단이었는지 아니었는지는 알 수 없다. 이것은 주의주장의 문제가 아니다. 할 일을 하지 못한 것이다.

70

—나는 죽일 수 없었다.

"……."

그 말이 머릿속을 빙글빙글 맴돌았다.

계속해서 아까 쿠레토가 한 말이 떠올랐다.

—입은 험하지만 날 당해낼 수 없다는 입장을 제대로 이해하고 있다는 점 말이다.

쿠레토는 그렇게 말했다.

그것은 사실인가?

자신의 야심은 그런 척하는 것일 뿐, 사유리나 시구레가 인질로 잡히면 간단히 좌절될 만한 것인가?

혹시 자신은 미토나 고시조차 죽이고 싶어 하지 않는 어리광쟁이인가?

그렇다면 그런 야심은 버려야 마땅하다. 이미 이치노세의 동료들을 말려들게 했으니까.

전쟁은 시작되었다.

이미 시작되었다.

그럼에도 불구하고 고시는 즐거운 얼굴로 말했다.

"있잖아, 너네 집, 여기서 멀어?"

구렌은 대답했다.

"멀면 그냥 돌아가 주려고?"

"아니."

그 말에 구렌은 한숨을 쉬면서 살짝 지친 기분으로 대답했다.

"…그렇게 안 멀어."

종말의 세라프
Seraph of the end

Seraph of the end

[여기는 현장입니다. 소방대의 필사적인 소방 활동에도 불구하고 현재 불길은 전혀 기세가 꺾이지 않고 있습니다.]

TV 속에서 리포터가 외치고 있었다. 아무래도 어디 아파트에 불이 났는데 아직 진화하지 못한 모양이다.

상공에서 헬기가 촬영한 화면이 나왔다. 6시 뉴스 타이틀이 뜨고 스튜디오로 화면이 바뀌더니 심각한 얼굴을 한 여성 캐스터가 고개를 숙였다.

6시 뉴스가 시작된 것이다.

다시 말해 지금은 저녁 때다.

그런데,

"에잇, 장군~!"

구렌이 사는 아파트의 거실에서 신야가 외쳤다.

그런 신야의 눈앞에는 편의점에서 사 온 미니어처 일본 장기 세트가 놓여 있고, 장기판을 사이에 두고 정좌 중인 미토가 팔짱을 끼고 필사적인 얼굴로 고민했다.

"으~으으으으음, 자, 잠깐만요, 잠깐만 좀 기다려 주세요!"

소파에 앉아 있던 고시가 콜라를 마시며 카운트했다.

"자 그럼—. 남은 시간 센다—. 미토는 이제 시간 별로 없거든."

"아니까 좀 닥쳐요!"

"자 그럼, 남은 시간…."

"됐다니까요!"

그렇게 떠드는지라, 약간 거리를 두고 식탁 쪽에 앉아 있던 구렌이 말했다.

"아니, 너희들 이만 집에…."

"닥치라고 했죠!"

미토가 고함을 질렀다.

참고로 다들 장기의 룰도 몰랐다. 그런 것을 할 틈도 없이 자라 왔기 때문일까, 아니면 그냥 어쩌다 보니 장기를 해 볼 기회가 없었던 것뿐일까. 룰도 모르면 아예 그런 게임은 사지 말지 싶지만, 고시가 이것을 고르더니 일부러 인터넷에서 룰까지 조사해 토너먼트 식으로 대결을 시작한 것이다.

1회전은 고시 vs. 구렌. 구렌은 단박에 패했다.

2회전은 신야 vs. 미토. 이번에는 미토가 열세였다.

신야가 콧노래를 불렀다.

"흐음 흐—음. 이거 다 끝난 것 같은데 말이야—."

"자, 잠깐만 기다려 주세요, 신야 님!"

"얼마든 기다려 줄 수는 있지만 말이야—. 남은 시간 몇 초?"

신야가 묻자 고시가 대답했다.

"40초 남았는데요."

"크으으으."

미토가 신음했다. 너무 집중한 나머지 동공이 활짝 열렸다. 필사적인 얼굴. 그러나 그 마음은 알 것 같았다.

장기는 막상 해 보니 나름대로 재미가 있었다. 몇 수 앞을 읽고 사전에 계획을 세운다. 다들 초보자라 이론을 모르다 보니 첫 전투에서 순발력으로 어떻게 움직일까를 시험당하는 듯한 구석이 있었다.

구렌은 고시와의 시합에서 최대한 머리를 써 상대가 눈치채지 못하는 범위 내에서 최단 시간에 지는 방법을 찾았다. 그리고 그것은 성공했다. 이기는 순간 고시는 적잖이 기뻐했다.

미토가 위로를 다 해 줄 정도였다.

어쩌면 신야는 구렌이 무슨 짓을 한 것인지 눈치챘을지도 모르지만.

어서 게임을 끝내고—이 시답잖은 놀이를 끝내고 해산했으면 했건만, 신야와 미토의 시합은 뜻밖에도 오래 갔다.

신야가 구렌을 돌아보았다. 즐거운 듯이 웃었다.

"......."

역시 구렌이 어째서 졌는지 눈치챈 얼굴이었다.

"얄미운 놈이라니까."

작은 목소리로 말하자 신야가 또 다시 웃었다.

"들리진 않지만 무슨 말이 하고 싶은 건지는 알겠어."

고시가 말했다.

"앞으로 20초~."

미토가 말했다.

"잠깐, TV 좀 꺼요! 정신 사나우니까!"

그러자 고시가 TV 쪽으로 시선을 옮기고 말했다.

"그나저나 불 한번 엄청 크게 났네."

TV에서는 여전히 화재 영상이 흘러나오고 있었다. 현장에서 리포터가 뭐라고 외치고 있었다. 구경꾼들이 불을 뿜는 콘크리트 덩어리를 올려다보고 있었다.

그리고 그 구경꾼 속에서 한 여자가 뛰쳐나왔다.

나이는 25~6세쯤 될까.

"유우! 유이치로~!"

여자가 외쳤다.

아마도 화재 현장에 아이를 놓고 나온 모친이었을 것이다. 소방대원이 그 모친을 말렸다.

"어머님! 진정하세요! 저희에게 맡기시고!"

"놔요! 유우! 유우가 저 안에 있어요!"

"이봐! 카메라 저리 돌려 봐! 찍혀?!"

카메라가 그쪽으로 줌 인 했다. 모친의 얼굴이 화면에 비쳤다. 흑발에 아름다운 여자였다. 그러나 지금은 머리카락이 다 흐트러지고 필사의 형상이 되어 있었다.

고시의 카운트가 멎었다. 미토도 화면을 보았다. 아니, 방 안에 있던 모두의 시선이 화면에 못 박혀 버렸다.

소방대원이 외쳤다.

"누가 좀 거들어 줘! 힘이 엄청나…! 어머님, 진정하세요!"

"유우! 유이치로!"

모친은 손에 무언가를 들고 있었다. 카메라가 흔들려 잘 보이지는 않았지만, 무언가를 치켜들고 있었다.

"어머님, 진정하…!"

그러나 모친은 주먹을 치켜들었다. 그리고 소방대원의 안면을 가격해 버렸다.

"컥…. 뭐 하시는 겁니까!"

소방대원이 그 모친의 팔을 움켜쥐었다. 힐끗, 그 수중에 무언가가 보였다. 아마도 라이터. 소방대원은 눈치채지 못했다. 아니, 아무도 눈치채지 못했다.

모친은 절규하듯이 외쳤다.

"불을 끄면 안 돼요! 악마예요! 저 아이는 악마예요! 죽여야 해요! 오늘 이 자리에서 죽여야 해요오오오오오오오오오오오오오오오오오오오오오오오!"

"뭐, 뭐야 이 여자!"

모친이 왼손을 들었다. 왼손에는 페트병이 들려 있었다. 페트병에서 액체가 모친에게로 쏟아져 내렸다.

"이 여자, 가솔린을 갖고 있어!"

소방대원이 외쳤다.

라이터의 부싯돌이 마찰했다. 그러나 불은 붙지 않았다. 소방대원 한 명이 모친의 안면을 가격해 쓰러뜨렸다.

여러 명의 소방대원이 모친을 붙잡아 눌렀다.

모친이 외쳤다.

"악마라니까아아아아아아아! 죽여야 해! 죽여야 한다고오오오오오오!"

바로 그때 파카를 입은 사내가 TV 카메라에 다가왔다. 사내의 얼굴이 단 한순간 화면에 비쳤다. 그 사내의 얼굴을 알고 있었다.

사이토였다.

'햐쿠야 교'의 인간.

마히루와 함께 제1시부야 고교를 습격한 놈이었다. 다시 말해 이것은 '햐쿠야 교'가 얽혀 있는 일 같았다. 아마도 사고일 것이다. 만약 '햐쿠야 교'가 사전에 이 일을 파악했다면 TV에서 방송되거나 할 리가 없었다. 화재 사실조차 은폐되었을 것이다.

TV 화면이 새카매졌다. 그리고 곧이어 스튜디오로 되돌아왔다.

여성 캐스터가 황급히 이야기를 시작했다.

쇼킹한 영상이 어쩌고저쩌고.

현장은 몹시 혼란스럽습니다.

상황이 알려지는 대로 다시 뉴스를 전해 드리겠습니다, 등등.

그러나 분명 이 뉴스는 더 이상 방송되지 않을 것이다. 어쩌면
새빨간 거짓 정보가 방송될지도 모른다.

미토가 말했다.

"…방금 그거, 뭐였죠?"

미토나 고시는 사이토의 얼굴을 알 리가 없었다. 방금 그 사건
을 '햐쿠야 교'와 연관 지어 생각할 수는 없을지도 모른다.

신야는 당연히 눈치챘다. 아니, '미카도노오니'도 눈치챘을 것
이다.

아마 정보전이 시작될 것이다.

우에노 때와 마찬가지로 '미카도노오니'는 '햐쿠야 교'가 하고
있는 짓을 전력으로 조사할 것이다. 어쩌면 당장이라도 쿠레토의
소집령이 떨어질지도 모른다.

고시가 말했다.

"어쩐지 흥이 확 가시네. 그래서? 카운트 깜빡했는데, 미토는
아직 생각 중이야?"

미토는 고개를 저었다.

"그럼 신야 님께서 이기신 걸로~. 다음 시합 전에, 구렌."

"응?"

"배고파."

"집에 가."

사유리와 시구레는 아직 돌아오지 않았다. 오늘 밤 준비로 시간이 걸리는 것일까. 하지만 오늘 밤 '햐쿠야 교'와의 접촉 자체가 이 사건으로 무산될 가능성이 있었다.

그러나 거꾸로 말하면 '미카도노오니'의 눈이 이 사건에 쏠린 덕에 접촉이 용이해졌다, 그렇게 볼 수도 있었다.

과연 어느 쪽이 정답일까.

신야가 일어났다.

"아니, 오늘은 슬슬 돌아갈까. 나도 볼 일이 좀 있고."

히이라기 님께서 드디어 한 말씀 해 주셨다. 어쩌면 이번 사건에 대해 살짝 조사해 볼 생각인지도 모른다. 당연할 것이다. 오늘 밤 '햐쿠야 교'와 접촉하는데 아무런 상황 파악도 없이 일을 진행시킬 수는 없다.

신야가 일어나자 미토와 고시가 선뜻 그 뒤를 따랐다.

"신야 님 말씀이 그러시다면."

미토가 일어나며 말했다.

"다음에 또 한 판 부탁드립니다. 다음에는 무참한 꼴은 보여 드리지 않을 테니까요."

아마 장기 이야기일 것이다. 그러자 신야가 씩 웃으며 말했다.

"좋아. 재밌었거든. 다음에 또 다 같이 하자."

모두 다 일어났다. 신야가 휴대전화를 바닥에 방치해 두었다. 구렌은 그것을 곁눈질로 보았지만 지적하지는 않았다.

현관문에서 미토가 말했다.

"…같은 부대 동료니까 유키미 씨나 하나요리 씨랑도 이야기 나누고 싶었는데요."

계속해서 고시가 말했다.

"사유리가 직접 만든 요리, 먹고 싶었는데…. 하지만 뭐, 그건 다음 기회로."

"또 오려고 그래?"

"싫어? 그럼 다음엔 우리 집에 올래?"

그 말에 구렌은 더 이상 할 말 없다는 듯이 나가라고 손을 휘저었다. 신야가 현관문을 열고 말했다.

"그럼, 잘 놀다 간다~."

세 사람이 나갔다.

현관 자물쇠를 잠갔다. 거실로 돌아와 휴대전화를 주웠다. 화면을 보았다. 화면 잠금은 되어 있지 않았다. 메일 작성 화면이 열려 있었는데 본문 란에는 이런 내용이 적혀 있었다.

[진짜―, 남의 휴대전화를 몰래 보다니, 변태, 구렌. (웃음)]

"변태는 무슨 놈의 변태."

넌더리를 내며 중얼거렸다. 메일 화면을 닫았다. 다른 정보가 없는지 살펴보았지만, 아무것도 없는 텅 빈 휴대전화였다.

현관으로 돌아갔다.

그러자 동시에 노크가 들려 왔다. 자물쇠를 열자 신야가 있었다. 실실 웃고 있었다.

신야가 말했다.

"휴대전화 놓고 갔어~."

그러자 구렌이 오른손에 들고 있던 휴대전화를 보여주었다.

그러자 신야가 말했다.

"내용 봤어?"

"내가 또 변태라 말이야."

"아하하."

"아하하."

"너, 일부러 휴대전화 놓고 간 거지?"

"응. 넌 일부러 장기 져 준거지?"

"뭔 소리야?"

"또 또 그런다. 다음에 승부해 봐. 어느 쪽이 더 깊이 있고 반사적으로 전술을 만들어 낼 수 있는지, 승부를 가려 보자고."

"관심 없거든."

"빼긴."

"게다가 승부를 가려서 누구한테 강함을 증명하게?"

"으—음. 우리 같은 경우는 마히루?"

"더욱 더 관심이 없는걸."

"진짜야, 그 말?"

신야는 웃으며 구렌의 등 뒤로 시선을 향했다.

"뭐, 상관없지만….."

후방에서는 TV 소리가 들려왔다. 신야의 시선은 아까 단 한순간 TV에 나왔던 사이토를 암시했다.

일부러 휴대전화를 놓고 갔다가 돌아온 것은 그것을 이야기하기 위함이었을 것이다. 오늘 '햐쿠야 교'와의 접촉에 갈 것인가 말 것인가 하는 것을.

"자, 그럼 더없이 깊이 있는 구렌의 의견은 어때?"

구렌은 대답했다.

"접촉 안 해. 지금은 위험해."

"흠. 그럴지도."

"그 화재의 원인을 조사해 보자. 무슨 일이 일어났는지, 상황을 파악하는 게 급선무야."

"흐음 흐음…. 있잖아, 구렌."

"뭐?"

"동료에게 거짓말을 하는 전술은 미움 받기 십상이다? 너, 혼자 '햐쿠야 교'와 접촉하려고 그러지?"

그러자 구렌은 선선히 고개를 끄덕였다.

"넌 동료가 아니니 말이야."

"아하하. 그럼 오늘은 접촉한다는 거지?"

그것 이외의 선택지는 있을 수가 없었다.

정보가 모자랐다. 조사한다 한들 분명 그걸로는 진전이 없을 것이다. 그래도 신중히, 천천히, 또 천천히 나아간다는 방법도 있을지 모르지만 이번에는 시간이 모자랐다.

'미카도노오니'와 '햐쿠야 교'의 전쟁은 점점 가속하고 있었다.

12월에는 세계가 멸망할지도 모를 만한 테러가 일어날 가능성이 있었다.

지금 리스크에 벌벌 떨며 움직임을 멈춘다면 분명 아무것도 하지 못한 채 끝날 것이다.

아니면 충분한 전투 태세를 갖추기 전에 박살나 버릴 것이다.

그렇다면 당장이라도 움직일 필요가 있었다.

오늘 '햐쿠야 교'는 '귀주'나 우에노에서 날뛰던 '요한의 4기사' 인가 뭔가 하는, 알 수 없는 유전자가 섞인 키메라에 대한 정보를 공유하고 싶다고 알려 왔다.

이유는 마히루가 배신했기 때문에.

마히루가 그 키메라를 빼앗아 사라져 버렸기 때문에.

그 키메라는 '햐쿠야 교'에게 더없이 중요한 실험 재료로, 그것을 되찾고 싶으니 우리가 가지고 있는 마히루의 정보와 교환한다는 조건으로 정보를 공유하고 싶다는 것이었다.

다시 말해 지금 '햐쿠야 교'는 키메라의 파편을 구렌 쪽에서 가지고 있다는 사실을 알지 못했다

그렇다면 지금 정보를 얻을 필요가 있었다. 그것이 무엇인지 알 필요가 있었다.

뭐니 뭐니 해도 그 키메라는 인간에게 관심이 없어 좀처럼 사회 전면으로 나오는 일이 없는 흡혈귀까지 관심을 가지고 있는 듯한 물건이었다. '햐쿠야 교', 마히루, 흡혈귀가 키메라를 놓고 다투고 있었다.

아마 그 연구를 진전시키면 모종의 큰 힘을 얻을 수 있는 것이 아닐까? 그런 생각은 들지만—.

구렌은 신야를 보았다.

현재 키메라의 파편은 두 개로 또 나누어 신야와 공유 중이었다.

절반은 아이치 현으로 보내 연구 팀에게 조사하도록 했지만 전혀 해석에 진전이 없는 상태였다.

나머지 반을 신야가 어떻게 하고 있는지는 알 수 없었다.

구렌은 물었다.

"…그거, 조사는."

그러나 중간에 신야가 고개를 가로저었다.

"너희가 해. 난 연구소나 뭐 그런 거 없으니까 내가 조사하긴 무리라고."

사실이 어떤지는 알 수 없었다.

신야가 살짝 불만스럽게 말했다.

"있잖아, 동료는 거의 없는데 적은 강대한 이 상황에 서로 속이는 건 싫은데 말이야."

그러자 구렌은 대답했다.

"연구는 진전이 없어. 정보가 밖으로 새지 않게 신용할 수 있는 최소한의 인원으로 조사하기 때문인지 몰라도, 아직은 그게 뭔지 전혀 알 수가 없는 모양이야. 그러니까…."

"오늘은 '햐쿠야 교'와 접촉이 필요하다?"

그 말에 구렌이 고개를 끄덕이려고 했지만,

"신야 님, 휴대전화는 찾으셨나요?"

미토의 목소리가 들려왔다.

현관 너머에 미토와 고시가 있었다.

신야는 돌아보고 말했다.

"찾았어, 찾았어. 그 뭐냐, 소파 밑으로 들어가 있었던 모양이야."

고시가 웃으며 말했다.

"찾아서 다행이네요."

구렌은 신야에게 휴대전화를 넘기며 말했다.

"그럼 이제 집에 가."

"그럴 거야~. 이번엔 정말로, 잘 놀다 간다~."

신야의 말을 다 듣기도 전에 구렌은 문을 닫고 거실로 돌아왔다.

시간은 6시 17분.

뉴스 방송은 계속되었다. 그러나 어느 채널로 돌려도 화재에 대한 내용은 없었다. 정보 조작이 시작된 것이다.

방금 전, 광란 상태에서 가솔린을 뒤집어 쓴 모친이 문득 떠올랐다.

모친은 악마를 죽여야 한다고 외치고 있었다.

"…악마."

구렌은 작게 중얼거렸다.

대체 악마란 무엇일까.

물론, 그 모친이 정신이 나가 의미 없는 말을 외친 것뿐일지도 모르겠지만.

12월.

크리스마스 날의 파멸.

바이러스.

묵시록의 천사.

요한의 4기사.

"…꽤나 종교적인 용어가 많은데."

그것이 실제로 그 성서에 나오는 것과 같은 무언가를 암시하고 있는 것인지, 아니면 바이러스나 테러에 대한 코드 네임인지.

TV에서는 광고가 나오고 있었다. 새로 나온 닭튀김을 여성 연예인이 맛있다는 듯이 먹고 있었다.

구렌은 그 광고를 잠시 멍하니 바라보다가, TV 앞바닥에 방치되어 있는 장기판을 내려다보았다.

그리고 장기는 편해서 좋은데, 그런 생각을 살짝 했다. 신경 써야 할 적이 눈앞에 있는 녀석들뿐이기 때문에.

눈앞의 적을 죽이기 위한 전술을 짜내기만 하면 되기 때문에. 게다가 적의 전력은 자신과 완전히 동일하다.

그러나 실제 세계는 다르다.

대체로 적은 자신보다 까마득히 큰 힘이거나 규모인 데다, 몇이나 되는 세력이 복잡히 얽혀 있다.

때문에 누구를 같은 편으로 삼을 것이며 누구를 적대하고 어떤 타이밍에 배반, 어떤 타이밍에 성의를 보일 것인가—.

실수하면 그걸로 끝.

잠깐 스톱은 없다.

"……."

구렌은 잠시 싸구려 장기판 위를 바라보다 미토가 두던 '보병'을 신야의 '왕장' 앞에 두었다.

그러나 그걸로 미토의 패배다. 신야는 다음 수로 미토의 '왕장'을 잡아 버릴 것이다.

장기에서는 패배다.

그러나 현실에서는 다르다. 왕이 죽어도 조직은 죽지 않는다.

구렌은 '보병'을 전진시키고.

그리고 신야의 '왕장'을 죽인다.

"……."

'햐쿠야 교'의 왕장을 죽인다.

'미카도노오니'의 왕장을 죽인다.

자신이 죽는 것은 딱히 알 바 아니다. 다 각오하고서 야심을 품었다. 그러나 그 뒤에는 어떻게 될 것인가?

동료들은 살아남을 수 있을 것인가? 죽고 나서도 남기고 싶은 야심이란 대체 무엇인가?

자신과 동료의 목숨을 걸어가면서까지 이루고 싶은 바람이란 무엇인가?

"……."

구렌은 바닥에 떨어진 빈 콜라 페트병을 주웠다.

그때 현관문이 열리는 소리가 났다. 시구레와 사유리가 돌아온 것 같았다.

"다녀왔습니다~♪"

사유리의 목소리가 들려왔다. 복도에서 거실로 들어왔다. 양손에 슈퍼 장바구니를 들고 있었다. 사유리는 콜라를 줍고 있는 구렌을 보고 황급히 뛰어왔다.

"아, 아, 그런 건 신경 쓰지 마세요! 저희가 할 테니까."

라며 콜라 페트병을 빼앗았다.

시구레도 들어왔다.

"지금 돌아왔습니다."

구렌을 보고 고개를 숙인 뒤 식탁 위에 어지럽게 흩어져 있는 감자칩 봉지를 정리하기 시작했다.

그런 두 사람의 모습을 바라보며,

"……."

설령 두 사람이 고문당하고 목숨을 잃어도 아랑곳하지 않고 앞으로 나아갈 의미에 대해서 잠시 생각해 보았다.

물론 더 이상 멈추지 않을 것이다. 이미 모든 것이 시작되었다. 히이라기의 뜻에 반하는 연구도 시작해 버렸다.

무엇보다 세계가 12월에 끝난다면 멸망을 느긋이 앉아서 기다릴 수는 없는 노릇이다.

그러나, 그래도 생각했다.

"……."

자신이 지키고 싶은 것은 무엇인가를.

소중히 여기는 것이 무엇인가를.

시구레가 이쪽을 보고 말했다.

"평소 그 코인 로커입니다."

그러자 구렌은 고개를 끄덕였다. 코인 로커에 무장용 주술부나 전투복을 준비해 놓았다는 뜻이었다.

그것도 금주에 속하는 것들이 많았다. 히이라기는 알지 못하는 주술 체계에 따라 만든 것들이 많았다. 구렌 전용으로 커스터마이즈해 둔 특제품들이었다.

어느 하나 할 것 없이 히이라기의 조사가 들어올 가능성이 있는 이 맨션에는 놔둘 수 없는 것들이었다.

시구레가 이야기를 계속했다.

"저희는…."

"오지 마. 오늘 밤은 나 혼자 간다."

"하지만."

"걸리적거려."

"으…."

시구레가 분한 듯이 입을 다물었다.

그런 시구레를 바라보며 구렌은 말했다.

"그리고 너희 둘은 아침까지 내가 돌아오지 않으면… 일단 아이치로 돌아가."

시구레와 사유리가 구렌을 보았다. 자신이 죽을 가능성에 대해서는 무장 준비를 시킨 단계에서 분명 알고 있었을 것이다.

그리고 이치노세 가로서는 구렌이 죽어도 문제가 없었다. 아직 구렌은 당주가 아니었다. 그렇다면 목숨을 거는 것은 구렌뿐이었다.

사유리가 잠시 이쪽을 바라보고 억지로 미소를 꾸미더니 말했다.

"…오늘은 치킨 카레예요."

"응. 기대되는데."

"하지만 즉석에서 하는 거라…"

"뭐든 다 좋아. 네가 해 주는 요리는 늘 맛있으니까 말이야."

그러자 왠지 사유리가 얼굴을 붉히고 기쁜 듯이 웃었지만, 상관없는 일이었다.

구렌은 시구레에게 명했다.

"시구레. 사복으로 갈아입을 거야. 준비 좀 해 줘."

시구레는 고개를 끄덕였다.

"예."

그리고 복도 안쪽으로 사라졌다.

사유리가 부엌으로 가 앞치마를 둘렀다.

그 모습을 보면서 또 다시 시계를 보았다.

6시 반.

'햐쿠야 교'와의 접촉 예정 시간까지 앞으로 7시간 반.

"잠깐 눈 좀 붙일까."

라고 중얼거린 뒤, 부엌에서 부지런히 움직이기 시작하는 사유리 쪽을 바라보며 정정했다.

"…카레부터 먹고 잠깐 눈 좀 붙여야지."

◆

1:30 a.m.

도쿄 도 네리마 구.

'햐쿠야 교'와의 접촉 장소로 지정된 히카리가오카 공원은 도영(道營) 전철 오에도 선의 히카리가오카 역 근처에 있는 꽤 큰 공원이었다.

그러나 역 쪽에서 공원으로 들어가면 감시 카메라에 찍힐 가능성이 있었다. 그래서 구렌은 오토바이로 공원 서쪽으로 돌아가서 휴식의 숲이나 잔디 광장처럼 수목에 둘러싸여 사람의 시선이 닿지 않는 어두운 곳으로 들어가기로 했다.

공원 옆 보도에 오토바이를 세웠다. 엔진을 끄고 스탠드를 세웠다. 헬멧을 벗고 도로에서 공원 쪽으로 시선을 옮겼다. 공원은 어두웠다. 수목에 둘러싸여 달빛조차 비치지 않았다.

헬멧을 오토바이 핸들에 걸었다. 메고 있던 스포츠 백을 가슴 앞쪽으로 이동시켜 그 안을 뒤적였다.

꺼낸 것은 암시(暗視) 스코프였다. 어두운 공원 안에서는 이것

92

이 필요할 것이다. 그리고 주부도 몇 개 꺼내 소매 안에 넣어 두고, 주머니 안에도 몇 장 쑤셔 넣었다. 빙글, 스포츠 백을 등으로 되돌려 놓았다. 끈을 짧게 해 흔들리지 않게 했다.

오토바이에서 내리는 순간 또 한 대, 다른 대형 오토바이가 다가왔다.

구렌의 오토바이 옆에 나란히 섰다.

신야였다.

엔진을 끄고 헬멧을 벗더니 웃음을 보냈다.

"…역시 구렌도 여기로 침입하려는 거였냐~. 뭐, 지도를 보면 여기로 올 수밖에 없긴 하지."

확실히 지도를 보면 이곳 외에 다른 침입 경로는 없는 것 같았다.

수목이 무성히 우거져 감시가 여의치 않은 곳.

접촉 예정 장소인 테니스 벽치기 코트는 공원 동쪽에 있는 관계로 서쪽을 확인해 두고 가면 철수 루트를 확보해 두고 나아갈 수 있을 것이다.

구렌이 말했다.

"저쪽도 여기로 들어올 거라고 생각하겠지만."

"뭐 그렇지. 그런데 구렌. 오토바이 면허 있어?"

"아니."

"무면허였냐. 그럼 그 오토바이도?"

"훔친 거야."

"역시 훔친 오토바이로 달리고 있잖아."

그러자 구렌이 웃으며 말했다.

"청춘이지?"

암시 스코프를 썼다. 어둠이 녹색으로 물들고 보이기 시작했다.

옆에서 신야가 오토바이에서 내려 기가 막힌다는 얼굴로 말했다.

"암시 스코프 쓰고 공원에 숨어드는 청춘이라, 진짜 싫다. 어때, 어디 깨가 쏟아지는 커플 같은 거 없어?"

"뭐, 여름이니까."

"어디, 어디?"

그러나 구렌은 무시하고 공원으로 침입했다.

"아, 잠깐만 기다려. 나도 같이 가."

등 뒤에서 암시 스코프의 스위치가 켜지는 소리가 들려왔다. 그러나 돌아보지 않았다. 단지 전방에 덫이 없는지 확인하면서 구렌은 나아갔다.

뒤에 있는 신야의 움직임은 훌륭했다. 발소리가 거의 나지 않았다. 조용하게, 신중하게, 그러나 빠르게 이동했다. 그런 훈련을 받은 것이리라.

등 뒤에서 신야가 말했다.

"아직 만나기로 한 시간까지 좀 남는데, 매복하려고 그래?"

그러나 구렌은 고개를 저었다.

"아니, 멀리서 상황을 좀 확인해 둘까 해."

"찬성. 테니스 벽치기 코트는 주변이 좀 너무 확 트여 있어 매복에 적합치 않기도 하고 말이야~."

바로 그 때문에 접촉 장소로 선택된 것이리라.

"그럼 어디서 확인할래?

그 말에 구렌은 팔에 차고 있던 시계를 보았다. 시간은 1:38 a.m. 접촉 시간까지 앞으로 22분이 남았다.

구렌은 걸음을 멈추었다.

지금 그들이 있는 곳은 휴식의 숲이었다. 접촉 장소는 계속해서 잔디 광장을 지나가야 나오지만, 광장을 나서면 숨을 곳이 없다.

그렇다면.

"…여기 이 나무 위에서."

"에로 커플을 엿보자고?"

"그래."

"받아쳐라 좀."

"뭘?"

"뭐 상관없지만~."

구렌은 준비를 시작했다. 스포츠 백에서 주부를 몇 장 꺼내 자신이 올라갈 나무줄기에 붙였다. 만에 하나 습격당할 때를 대비한 덫이었다. 그리고 나무 위로 올랐다. 굵은 가지를 골라 그것을 발판 삼았다.

옆 나무가 흔들리는 소리가 들려왔다. 신야가 올라간 것 같았다. 그쪽을 보자 신야가 이쪽으로 손을 흔들고 손가락으로 동쪽을 가리켰다. 테니스 벽치기 코트가 있는 방향이었다.

"……."

구렌은 고개를 끄덕이고 전방을 보았다. 암시 스코프를 통해 보이는 밤의 공원은 밝았다.

하늘의 별들은 이상하게 반짝였고 그 빛이 수목을 비추었다.

스코프 배율을 올려 가며 목적 장소에 초점을 맞춰 갔다.

잔디 광장이 끝나는 곳에 산책로가 뻗어 있었다. 그곳을 조금 지나면 놀이 기구가 몇 개 듬성듬성 놓인 장소가 있다.

거기서 조금 더 가면 벽이 있다. 테니스 벽치기를 하기 위한 곳이다.

그곳에 지금 여덟 명의 양복 차림 사내들이 서 있었다. 누가 봐도 깨가 쏟아지는 커플은 아니었다. 전원 남자였다. 그것도 훈련된. 제1시부야 고교를 습격해 온 '햐쿠야 교'의 전투원과 같은 양복. 만에 하나 저기 있는 양복 차림의 사내들이 전부 다 사이토와 같은 실력을 지녔다면, 싸워 본들 도저히 승산이 없다.

당연하지만 이것은 다시 말해 대등한 교섭이 못 되었다.

"......"

구렌은 다시 한 번 시계를 보았다.

시간은 1:45 a.m.

남은 시간은 앞으로 15분.

그럼 가서 교섭에 나서야 할 것인가 말아야 할 것인가.

다시 시계에서 '햐쿠야 교'의 전투원 쪽으로 시선을 옮겼다.

그러나 그 순간, 상황이 이상하다는 것을 눈치챘다. 양복 차림의 사내들이 뭐라고 외치고 있었다. 그리고 황급히 전투태세를 취했다.

이쪽을 눈치챈 건가 싶어 한순간 긴장했지만, 아무래도 그런 것은 아닌 것 같았다.

암흑 속에서 무언가가 뛰쳐나왔다. 그 무언가가 양복 차림의 사내를 덮쳤다.

그에 대한 양복 차림의 사내의 반응은 무시무시했다. 몸속에서 사슬을 꺼냈다. 역시 사이토와 같은 개조를 받은 모양이었다. 그 사슬이 어둠에서 뛰쳐나온 무언가를 향해 날아들었지만—.

그 무언가는 아무렇지도 않게 그것을 피했다. 양복 차림 사내의 목을 움켜쥐었다. 목을 잡아 뜯었다. 그리고 같은 방식으로 다른 두 양복 차림 사내의 목을 잡아 뜯었다.

달아나려는 또 한 사람의 머리카락을 움켜쥐었다. 그 목을 물어 뜯었다. 양복 차림의 사내가 부들부들 몸을 떨고 힘을 잃어 갔다.

아무래도 피를 빨고 있는 것 같았다.

"…또 흡혈귀냐."

구렌은 신음하듯이 중얼거렸다.

그곳에 있는 것은 지난번 우에노에서 만난 흡혈귀의 귀족과는 전혀 다른 것 같았다. 복장을 보니 귀족이 아님을 알 수 있었다. 그러나 명백히 인간의 움직임과는 달랐다. 그리고 그것이 정말로 흡혈귀라면 '햐쿠야 교'에 승산은 없다.

그 정도로 흡혈귀가 지닌 능력은 인간과 비교해 차원이 다르다.

게다가 어두운 밤중에 흡혈귀와 싸우는 절망은—.

"……."

바로 그때, 전투가 끝났다.

단 한순간에 일어난 일이었다.

흡혈귀는 '햐쿠야 교'의 전투원을 전멸시켜 버렸다.

그것을 구렌은 빤히 바라보았다. 그리고 필사적으로 생각했다.

지금 무슨 일이 일어나고 있는 거지?

왜 '햐쿠야 교'의 전투원이 죽임을 당한 거지?

흡혈귀는 분명 인간에게 관심이 없을 텐데. 녀석들은 인간을 가

축으로 취급하고 인간끼리의 싸움엔 관심이 없을텐데.

그런데 왜 요즘 들어 흡혈귀가 빈번히 나오는 거지?

대체 지금, 여기서 무슨 일이 일어나고 있는 거지?

저쪽은 이쪽을 알아차리지 못했을 것이다. 거리가 꽤 떨어져 있었다. 하지만 만에 하나 여기서 상황을 살피지 않고 현장에 나갔더라면 지금쯤 자신은 시체가 되어 있었을 것이다. 그런 생각에 살짝 등줄기가 얼어붙는―.

"……."

그러나 그 순간, 흡혈귀가 이쪽을 보았다.

여자였다.

머리가 긴 아름다운 여자.

눈동자가 똑바로 이쪽을 보았다.

있을 수 없는 일이다. 이 거리에서 알아차리다니, 있을 수 없는 일이다.

그러나 여자는 씩 웃었다. 입에는 피가 묻어 있었다. 이빨이 돋아나 있었다. 그리고 그녀가 막 달리기 시작하려는 것을 확인하고서,

"잠깐, 구렌!"

옆 나무에서 신야가 외쳤다.

"알아!"

구렌은 나무에서 뛰어내렸다. 넓은 시야를 확보하기 위해 암시 스코프를 버렸다.

그대로 전력으로 달렸다.

나무 사이를 누비며 공원 밖으로 뛰쳐나갔다.

주머니에서 열쇠를 꺼냈다.

오토바이에 올라타 두드리듯이 열쇠구멍에 꽂고 돌린 뒤, 킥 스타터를 발로 찼다.

부릉 하고 엔진 시동이 걸린 순간, 정면에서 흡혈귀가 뛰쳐나왔다.

액셀을 돌렸다. 1,100cc의 오토바이가 앞바퀴를 들어 올리며 스타트했다. 흡혈귀와 부딪쳤다. 이대로 치어 버리….

그러나 흡혈귀는 태연히 그 오토바이 앞바퀴를 움켜쥐고, 웃었다.

"제길."

흡혈귀의 손톱이 앞바퀴에 파고들고, 펑 하고 타이어가 파열하는 소리가 울려 퍼졌다.

구렌은 오토바이에서 떨어지면서 허리의 칼을 뽑았다. 그리고 날렸다. 흡혈귀는 그것을 아무렇지도 않게 피해 버렸다. 맞은 느낌이 없었다. 뒤이어 움켜쥔 오토바이를 이쪽으로 던지려 했다.

피할 수 없다.

죽….

"구렌, 내 손 잡아!"

신야가 외쳤다. 목소리 쪽으로 손을 뻗었다. 그 손을 꽉 잡아당겼다. 오토바이를 가속시켜 다가온 신야에게 매달렸다. 몇 번이고 지면을 박차 가며 뒤를 보고 신야의 오토바이 뒷좌석에 탔다.

흡혈귀가 던진 오토바이가 달려오던 택시에 부딪쳤다. 택시는 짜부라지며 나뒹굴었다.

온통 엉망진창이었다.

흡혈귀는 아직도 쫓아오려 했다. 구렌은 스포츠 백에서 주부를 꺼내 후방에 뿌렸다.

주부가 지면에 접촉한 순간, 펑, 펑펑펑 하고 연속으로 그 주부가 폭렬해 갔다. 그중 하나가 흡혈귀의 발밑에서 폭렬했다. 발이 불탔다. 그러나 곧바로 재생해 버렸다. 흡혈귀는 주부를 전혀 신경도 쓰지 않았다. 옷이 불타고 있는데 불을 털어 내려 하지도 않았다. 불타는 다리로 지면을 박차고 달리기 시작했다.

구렌은 그것을 바라보며 오토바이를 운전하고 있는 신야의 등 뒤에서 말했다.

"…신야."

"응?"

"따라잡힐지도 몰라."

"말도 안 돼?! 벌써 거의 70킬로는…."

"온다."

구렌이 말한 순간, 이미 흡혈귀는 도약해 곧장 이리로 날아들고 있었다. 그 움직임은 지상에서 싸울 때만큼은 빠르지 않았다. 이쪽도 흡혈귀에게서 벗어나기 위해 족히 시속 100킬로는 되는 스피드로 달아나고 있기 때문일 것이다.

신야가 오토바이를 더욱 더 가속시켰다.

그래도 흡혈귀의 손은 닿을 것이다.

그러나 첫 공격을 받아 낼 수 있으면, 달아날 가능성도 있었다. 흡혈귀는 착지하면 다시 한 번 지면을 박찰 필요가 있다. 그 순간 스피드가 살짝 떨어질 것이다.

오토바이는 그 순간 더욱 더 가속할 것이다.

일격.

일격만 피하면.

"……."

오른손으로 칼을 쥐었다. 왼손으로 등 뒤 신야의 어깨를 움켜쥐었다.

후욱 숨을 들이마시고, 힘차게 뻗었다.

흡혈귀의 손이 이쪽에 닿는다.

그 손에 칼을 내려친다.

흡혈귀는 칼을 움켜쥐려 할 테지만 그렇게 놔두지 않는다. 움켜쥐게 놔두지 않는다. 베어 버린다. 손가락에 닿지 않게, 칼날의 기세를 죽이지 않고, 곧장 베어 버린다.

그럴 수 없으면 죽는다.

놈이 칼을 움켜쥔다면 죽는다.

그러니까.

"…베, 어져라!"

성난 외침과 함께 구렌은 칼을 내리쳤다. 흡혈귀의 손가락은 칼날에 닿지 못했다.

팔이 둘로 갈라졌다.

"좋아! 해냈다! 신야, 달아나!"

"달아나고 있어!"

흡혈귀가 갈라진 손을 대수롭지 않다는 듯이 보았다. 역시 신경쓰는 기색은 없었다.

그러나 뒤쫓기도 포기한 모양이었다.

착지해 구렌을 바라보았다.

오토바이는 엄청난 기세로 그곳을 이탈했다. 이미 150킬로 이상의 속도를 내고 있었는지도 모른다. 그러나 스피드를 늦추면 흡혈귀가 또다시 쫓아올 가능성이 있었다.

흡혈귀가 포기하도록 압도적인 스피드로 놈의 시야에서 사라질 필요가 있었지만—이런 스피드로는 코너를 돌 수도 없을 뿐더러, 당연하지만 떨어졌다간 살 수 없는 스피드였다.

신야의 어깨를 움켜쥔 채 구렌은 돌아보았다.

지나 온 신호가 빨간 불이었던 것이 한순간 보였지만, 오토바이는 멈추지 않았다.

오른쪽으로 꺾이는 길.

앞에 잔뜩 밀려 있는 택시.

오토바이는 그 틈새를 누비듯 지나가려고—.

신야가 외쳤다.

"꽉 잡아, 구렌!"

"젠장, 오늘은 완전 재수 옴 붙었는 걸."

신야의 몸에 왼손을 둘렀다.

사이드미러가 트럭에 부딪쳐 날아갔다. 파편이 구렌의 얼굴 쪽으로 튀었다. 순간적으로 눈을 칼자루로 보호했지만 이마를 긋고가 버렸다. 피부가 베이는 감각이 들었다.

그래도 그걸로 전투는 끝났다.

"……."

흡혈귀는 쫓아오지 않았다.

시간이 시간이라 그런지 도로도 비어 있어 그럭저럭 스피드를 내서 주행을 계속할 수 있었다. 이제 와서 더 이상 흡혈귀가 구렌

일행을 쫓아오지는 않을 것이다.

때문에 문제는 오히려,

"…야, 신야. 스피드 좀 줄여. 경찰에 잡혔다간 귀찮아져."

라고 구렌은 말했다.

그러자 신야가 말했다.

"흡혈귀는?"

"포기해 준 모양이야."

"오—. 진짜? 성공이다!"

"얼른 스피드 줄여."

그러나 그 말에 신야는 웃었다.

"하지만 헬멧도 없고, 일본도까지 들고 있잖아…. 천천히 달려도 어차피 잡힐걸? 대체 언제적 폭주족이야~? 하고."

그 말에 구렌은 자신의 손에 들린 칼을 보고 웃었다.

"…뭐. 그건 그렇긴 해도…. 하지만 용케 잘 달아났는데 네 운전이 서툴러 죽었다, 그런 결말은 사양하겠어."

"사고 안 내."

"하지만 너, 무면허잖아?"

"이런 상황에 면허가 뭔 상관이야? 그래도 스피드 줄이면 아마 엄청 눈에 띌 걸. 둘이 탔지, 헬멧도 없지, 게다가 하필 사내자식 둘이서 이러고 있는 건 좀 아니지 않아?"

"잔말 말고 얼른."

"예이 예이."

신야가 조금씩 스피드를 줄였다. 어둡고 좁은 일방통행로에 접어들어 오토바이를 세웠다.

"정말 안 쫓아와?"

신야의 물음에 구렌은 고개를 끄덕였다.

"아마도."

"아마도는 곤란한데."

"그럼 돌아가서 확인하고 오시든가."

"그건 싫어. 그보다 구렌."

"응?"

"다쳤잖아."

신야가 구렌의 이마를 보고 말했다.

"흡혈귀에게 당한 거야?"

그러나 구렌은 오토바이에서 내리며 대답했다.

"아니, 네 운전이 너무 엉망이라 갑자기 사이드 미러가 날아든 거야."

"아하하, 그거야? 피하지 그랬어."

그 말을 무시하고 구렌은 자신의 이마에 난 상처를 만졌다. 피가 제법 나고 있었다.

그리고 이 피는 저주받은 피가 분명하다. 이 피를 주입한 미츠키의 팔이 괴물이 되어 절로 움직이는 사태가 벌어졌기 때문에.

어느 정도의 양을 핥거나 주입하면 저주가 옮는지는 알 수 없지만, 좌우지간 이 피와 접촉하는 것은 위험하다.

구렌은 손에 쥐고 있던 칼을 칼집에 넣고 스포츠 백을 열어 거즈를 꺼냈다.

그러자 그 순간 신야가 말했다.

"응급처치는 내가…."

"아니, 됐어. 혼자 할 거야."

"하지만 이마에 난 상처라 안 보일 것 아냐?"

그러나 무시하고 거즈로 상처를 눌렀다.

"너무 터프하잖아. 제대로 치료 안 하면 흉터 남는다?"

"그래? 걱정 고마워."

"시집 못 가는 수가 있다?"

"아—, 예이 예이. 시끄러워, 닥쳐."

"아하하."

신야는 웃으며 팽팽하던 긴장의 끈을 늦추듯 휴~ 하고 한숨을 쉬었다.

"…그건 그렇고 방금 전에는 큰일 날 뻔했는걸. 뭐지, 그거? 왜 흡혈귀가 나오는 거야?"

"알 게 뭐야."

"'햐쿠야 교' 녀석들, 전멸이었어."

구렌은 팔에 찬 시계를 확인했다.

그러자 시간은 마침 딱 약속시간이었던 오전 2시였다.

하지만 이제 와서 '햐쿠야 교'와 접촉하기 위해 히카리가오카 공원에 돌아갈 수는 없었다. '햐쿠야 교'의 사자도 죽어 버린 데다, 흡혈귀가 아직도 그곳에 있을지 모른다.

그리고 지금 이 순간 자신들이 살아 있는 것은 기적이었다.

운이 좋았던 것뿐이었다.

몇 가지 행운이 겹치지 않았더라면 살아서 달아날 수는 없었을 것이다.

그 정도로 흡혈귀는 인간의 힘으로 어쩔 도리가 없는 상대다.

만에 하나 흡혈귀가 인간을 멸망시킬 마음만 먹으면 손쉬운 일일 테지만, 그냥 눈 감아 주고 있을 뿐이다.

아니, 안중에도 없다고 해도 과언이 아닐지 모른다.

그들에게 인간은 시끄러운 가축일 뿐, 다소 늘어나든 줄어들든 알 바 아닌 대상에 불과하다.

때문에 흡혈귀는 기본적으로 인간 사회에 개입해 오지 않을 뿐더러, 분명 그 모습도 거의 볼 수 없어야 하는데.

"……."

요즘 들어 흡혈귀와의 조우가 빈번해졌다. 아무래도 흡혈귀들은 '햐쿠야 교'가 하고 있는 금기의 실험이 마음에 들지 않는 모양이다.

마히루와 칼을 겨룬 페리드인가 뭔가 하는 흡혈귀 귀족이 키메라를 가리켜 말했다.

—정말 무서운걸, 이거. 용케 겁도 없이 이런 걸 건드릴 생각을 한단 말이야, 인간은. 이런 금주에 손을 대면 세계는 당장 끝나 버릴 텐데.

세계를 끝내 버릴 가능성이 있는 금주.

다시 말해 역시 그 키메라의 파편에 '햐쿠야 교'가 감추고 있는 금주의 비밀이 있다는 이야기가 된다.

그리고 그것이 흡혈귀는 마음에 들지 않는다.

인간이 멋대로 욕망을 폭주시켜 세계를 파괴해 버리려 하는 것이 마음에 들지 않는다.

그러자 신야도 같은 생각을 했는지 말했다.

"만약 정말로 흡혈귀에게 찍힌 거면 아무리 '햐쿠야 교'라고 해도 파멸하는 거 아냐?"

그럴 듯한 이야기였다.

그러나,

"'하쿠야 교'가 흡혈귀와 정면으로 일을 벌일 것 같아? 싸워서 이길 수 있는 상대가 아니란 건 알고 있을 텐데."

흡혈귀에게 금주의 개발을 그만두라는 경고를 받으면 분명 '하쿠야 교'도 그만두지 않을 수가 없을 것이다.

신야가 말했다.

"…하지만, 그럼 무슨 일이 일어나고 있는 거야? 왜 흡혈귀가 나오는 거냐고?"

알 수가 없었다. 아니, 지금은 아직 아는 것이 더 적었다.

모든 조직의 욕망과 욕망이 뒤엉켜 진실이 전혀 보이지 않았다.

그러나,

"……"

신야가 이쪽을 바라보았다. 녀석의 생각은 알고 있었다. 배후에서 실을 움직이고 있는 것이 누구인지. '하쿠야 교'나 '미카도노 오니'를 혼란시키려 하는 것이 누구인지, 이미 둘 다 알고 있었던 것이다.

"……"

아마도 마히루가 모든 일의 중심에 있을 것이다.

히이라기 마히루가 암약하고 있을 것이다.

물론 오늘 일까지 마히루가 꾸민 짓인지 아닌지는 알 수 없지만.

"…이거, 멍하게 있다간 진짜 아무것도 모르고 다 끝나 버리게

108

생겼는데."

신야가 살짝 힘이 빠지는 듯이 말했다.

그 기분은 알 것 같았다. 마히루는 한참 앞서 가고 있는데 마냥 그 등만 바라보자니 몹시 힘이 빠질 따름이니까.

상처에서 거즈를 뗐다. 피가 멎었다. 상처가 머리카락이 나는 언저리 근처라 다행이었다. 머리를 내리면 감출 수 있다.

피가 묻은 거즈를 스포츠 백에 집어넣었다. 그리고 걷기 시작했다.

그러자 신야가 말했다.

"어라, 어디 가는 거야?"

구렌은 대답했다.

"집에."

"아니, 걸어서?"

"아니면 어떻게 가? 또 헬멧 없이 공공도로를 달리게?"

"음—."

그러자 신야도 오토바이를 버리고 내렸다. 아무래도 신야의 오토바이도 훔친 것이었나 보다.

"하지만 여기, 아직 네리마 구거든? 시부야까지 한 20킬로는 될 텐데."

"그게 뭐?"

"자전거 훔칠까? 뭐, 집에는 서로 다른 루트로 가는 게 좋겠지?"

"당연한 소리."

"그럼 여기서 해산?"

"그래."

구렌은 돌아보지도 않고 말했다.

그러자 신야가 말했다.

"그럼, 내일 또 봐, 학교에서."

"그래."

"잘 자—."

신야가 말하자, 구렌은 걸음을 멈추었다. 그리고 돌아섰다.

손을 흔드는 신야를 보며 구렌은 말했다.

"신야."

"응?"

"……."

"왜?"

그러자 구렌은 신야를 바라보며 말했다.

"…오늘은 덕분에 살았어. 네가 아니었으면 지금쯤 죽었을 거
야."

그러자 신야는 살짝 놀란 듯한 표정을 지었다.

"어, 어, 뭐야 그거? 그거 설마, 나한테 고마워…."

그러나 그 말을 가로막으며 말했다.

"하는 거 아냐. 내가 아니었으면 너도 죽었을 테고 말이야."

"아니, 그건 그렇지만~."

그러나 신야는 구렌을 구할 필요가 없었다. 그 흡혈귀에게 습격
을 받았을 때 오토바이로 구렌의 손을 잡고 달아난다는 데에는 상
당한 리스크가 뒤따랐다. 방치하고 달아남이 마땅했다.

그러나 이 녀석은 그러지 않았다.

때문에 그만큼은,

"…약간, 널 믿어 주지."

라고 말하자 신야는 쓰게 웃었다.

"약간, 이라."

"그래. 약간."

"그거 고마운걸. 그게 전부?"

"그래."

"그럼 내일 또 보는 거야?"

"그래. 내일."

그리고 구렌은 시부야를 향해 걷기 시작했다.

◆

귀가 시간은 3시가 넘어서였다.

시구레와 사유리는 아직 깨어 있었다.

두 사람은 구렌이 현관에 들어오자마자,

""구렌 님!""

하고 울 듯한 얼굴로 달려왔다.

구렌은 그런 두 사람의 모습을 보고 말했다.

"…왜 파자마를 입고 있어? 내가 아침까지 안 돌아오면 아이치로 돌아가라 했잖…."

그러나 그 말을 가로막으며 시구레가 딱 잘라 말했다.

"그럴 수야 없죠, 구렌 님은 반드시 살아 돌아오실 테니까요."

"너희들 말이야, 명령위반도 정도가…."

그러나 역시 그 말을 가로막으며 사유리가 구렌을 올려다보고,

눈에 눈물이 고인 채 부둥켜안으려 했다.

"우우우우우우우우우우우, 구렌 님, 왜 그렇게 피투성이세요오오오오오!"

그런 사유리의 팔을 움켜쥐었다.

"…가까이 오지 마. 내 피는 오염됐어."

"신경 안 써요!"

"아니, 신경 써. 시구레, 목욕 준비 좀 해 줘. 피를 씻을 거야."

그러나 시구레는 움직이지 않았다. 시구레도 눈물이 그렁그렁한 눈으로 말했다.

"…우, 우우, 죄송합니다…. 저희가, 힘이 모자란 탓에…."

뒤이어 그것을 본 사유리가 또 다시 울면서 말했다.

"…돌아오시지 않으면 어쩌나 하고 계속, 둘이서 계속, 걱정했어요. 저희가 힘이 모자라, 구렌 님께 힘이 되어 드리지 못해서…."

그러자 구렌은 현관에 서서 힘 빠지는 듯이 말했다.

"뭐? 대체 무슨 소리 하는 거야?"

그러자 시구레가 말했다.

"구렌 님께서 목숨을 거실 때 저희는 하다못해 곁에 있어 드리기라도 하고 싶습니다. 이렇게, 집에서 마냥 기다리는 건 싫습니다. 힘이 모자라서, 힘이 되어 드리지 못한다 해도… 하다못해, 하다못해 총알받이 정도는."

중간에 목소리가 떨리고, 멈추었다. 웬일로 시구레의 눈에서 눈물이 쏟아졌다.

정말 걱정했던 모양이다.

왈칵 하고 울음을 터뜨리고 부둥켜안으려는 두 사람에게 말했다.

"…멍청아. 너희들, 가까이 오지 말라고…."

그러나 두 사람에게 붙들려 버리고 말았다. 아마 이미 말라붙었을 피가 두 사람에 닿았다.

아무 일도 일어나지 않았다. 이 정도 양으로는 아무 일도 일어나지 않았다. 접촉하는 것만으로는 오니가 감염되지 않는 걸까? 아니면 양의 문제일까? 무언가 감염을 위한 조건이 있는 걸까?

하지만, 그래도.

"…너희들. 나중에 설교 단단히 할 테니 그런 줄 알아. 가까이 오지 말라면 가까이 오지 좀 마. 그리고 바로 아이치로 돌아가, 가서 검사다."

그러자 사유리가 이쪽을 올려다보며 말했다.

"아, 아, 구렌 님도 같이요?!"

"아니, 난 여기 남아 있을 거야."

시구레가 말했다.

"그럼 저희도 구렌 님 곁을…."

"웃기지 마, 너희들. 내 명령 들어."

"싫습니다."

"저도 싫어요."

"화낸다?"

""우_____.""

두 사람은 또 다시 울 것 같은 표정을 지었다.

그러나 그런 두 사람을 보며 생각했다.

"……."

구렌은 그 모습을 보고 오늘 두 사람을 데리고 가지 않아서 다행이라고 진심으로 생각했다.

만약 데리고 갔다면 두 사람은 죽었을 것이다.

틀림없이 죽었을 것이다.

그리고 구렌은 생각했다.

동료의 죽음에 대해서.

자신의 약함에 대해서.

마히루는 잘라 버릴 수 있는, 눈앞에 있는 동료들에 대해서.

이에 대해 구렌은 예전에 이렇게 생각했다.

─하지만 난 그걸 약함이라고 안 봐. 뭐랄까, 마히루와 같은 선택을 할 거면 우리가 마히루를 구할 필요는 없다고 보는데.

그것은 사실일까?

힘없는 자의 변명이 아닐까?

사유리와 시구레는 구렌을 위해서라면 목숨도 아깝지 않다고 한다.

그것은 강함일까, 약함일까.

목적을 위해서도 아니고, 야심을 위해서도 아니고, 타인을 위해서 목숨을 걸 수 있는 것은 강함일까, 약함일까.

"…잠깐. 언제까지 잡고 있을 거야. 지쳤어. 난 목욕하고 잘 거야."

라는 말에 두 종자는 서로 얼굴을 마주보았다. 그리고 어째서인지 살짝 얼굴을 붉히더니 사유리가 말했다.

"…저, 저기, 등 밀어 드릴…."

"시끄러워.

구렌은 그 말을 가로막았다.

목욕을 하고 나와 보니 시간은 이미 4시가 넘어 있었다.

그리고 기막히게도 몇 시간 뒤면 또 다시 학교에 나가야 했다. 게다가 점심시간에는 쿠레토의 호출까지 있었다. 때문에 쉴 수가 없었다.

"참 내, 지긋지긋하다니까."

신음하듯이 중얼거리며 구렌은 침대에 굴러 들어갔지만, 좀처럼 잠을 이룰 수가 없었다.

아침.

제1시부야 고교의 여느 때와 다를 것 없는 교실.

오늘은 4교시까지 자습이 실시될 예정이었다. 때문에 점심시간을 포함해 쉬는 시간이 꽤 긴 셈이라, 벌써 학생 몇몇은 교실에 없었다.

그렇다고 해도 이 학교에서 땡땡이를 치는 녀석은 없었다. 자습은 자습이라, 각자 무슨 공부들을 하고 있었다. 정기적으로 보는 실력 시험에서 일정 성적을 내지 못하면 곧바로 퇴학될 가능성도 있는 데다, 시험을 보면서 사투를 벌여야 하는 관계로 태만하게 굴다가는 죽을 가능성마저 있었다.

때문에 다들 필사적이었다.

여기서 인정받으면 '미카도노오니'에서 높은 지위가 약속될 것이다—그런 친족의 기대를 짊어지고서 다들 열심이었다.

계속해서 학생들 중 절반가량이 교실을 나섰다.

구렌은 움직이지 않았다. 아니 그보다, 졸렸다. 잠이 모자랐다.

옆에서 신야가 책상에 엎드려 자고 있었다. 녀석도 잠을 자지 못했던 것이다. 그러나 아무리 그래도 구렌은 온통 적으로 가득한 이 학교에서 눈을 붙일 생각은 들지 않았다.

구렌은 기분 좋은 듯이 자는 신야를 향해 살짝 부러운 마음에 눈을 가늘게 뜨고, 창문으로 시선을 옮기려 했다.

그러던 중 시끄러운 빨간 머리 여자가 이쪽으로 오는 것이 눈에 들어왔다.

미토다.

손에 장기판을 들고 있다. 혹시 장기를 두러 오는 걸까.

미토는 가까이 오면서 장기판을 등 뒤로 감추었다. 이미 다 봤거든, 이라고 말을 할지 말지 잠시 고민했다.

"하암~."

하품이 나오는 바람에 사고가 정지했다.

그러자 미토가 말했다.

"뭐죠? 잠을 못 잤나요?"

"응? 그래."

"몸 관리도 '미카도노오니' 의 신도로서 마땅히 챙겨야 할 책무라고요. 제대로 해야죠."

역시 시끄러웠다. 반박하면 귀찮아지는 관계로 순순히 고개를 끄덕였다. 그렇지 않아도 졸려 죽겠는데 시답잖은 이야기에 장단을 맞춰 주고 싶지 않았다.

때문에,

"그건 그래. 반성할게."

라고 구렌이 말하자 미토가 살짝 놀란 듯한 얼굴로,

"아…. 그게, 그."

라고 하더니 알기 쉽게 기쁜 표정을 지으며 말했다.

"이, 이제야 알아주네요. 그래요. 그 겸허한 마음이 우리 히이라기를 모시는 학생들에게 있어서…."

어쩌고저쩌고.

졸렸다. 몹시 졸린 이야기가 계속되었다.

바로 그때, 미토가 한 발짝 더 가까이 왔다.

"…그런데 저."

"응?"

"어…."

"어?"

어째서인지 쑥스럽다는 듯이 얼굴을 찌푸리면서 이런 말을 하는 것이었다.

"어, 어제는 재밌었어요."

그 말을 하는 것이 아무래도 미토에게는 쑥스러운 것 같았다.

참고로 어제의 기억이라면 구렌에게는 흡혈귀에게 죽을 뻔한 것이 가장 강하게 인상에 남아 있지만.

"그래?"

"그, 그런데…. 구렌은 안 재밌었나요?"

살짝 섭섭해 보이는 얼굴. 재밌었다고 말해 주기를 바라는 듯한 얼굴.

구렌은 대답했다.

"그야, 뭐. 재밌었던 것 같기도."

"그, 그렇죠?"

미토의 얼굴이 확 밝아졌다. 몹시 알기 쉬웠다.

"역시 쿠레토 님을 모시는 동료로서 저, 그런 교류는 중요하다 생각해요."

그렇게 생각하지는 않지만, 적당히 고개를 끄덕였다.

"흐음."

"그러니까 조만간 다 같이 또 그런 걸 할 수 있으면 좋겠다, 그런 생각을…."

"알았어."

"저기."

"알았어."

그러자 미토의 눈초리가 예리해졌다.

"…잠깐, 대충 대답하는 거죠?"

제 무덤을 팠다. 결론을 너무 서둘렀다. 역시 수면부족이었다.

"진짜, 그런 태도가…."

"꺅 꺅 시끄러워."

"시끄럽긴 누가 시끄러워요오오오오오! 구렌. 잘 들어요. 난 다 당신을 생각해서…."

"아―, 예이 예이, 알겠습니다요."

"알긴 뭘 알아요. 당신…."

"미토."

"뭐죠?"

"어제는 나도 재밌었어. 그렇게 신이 날 수가 없었어. 장기도 생각보다 재밌었어. 감자칩도 맛있었어…. 그리고? 또 뭐 듣고 싶은 얘기 있어?"

"저, 저기, 그게… 정말 재밌었어요?"

"그래."

거짓말이 아니었다.

콜라나 감자칩을 먹으며 헛된 시간을 헛되이 보내는 데에는 나름대로 쾌락이 있었다. 게다가 이 고시나 주조는 바보들이었다. 덕분에 목숨을 건졌으니 자신들도 구렌을 돕고 싶다, 그런 바보들.

그것은 신야도 마찬가지인지도 모른다. 리스크를 무릅쓰고 구렌을 도왔다.

"······."

동료.

팀.

친목—이치노세와 히이라기라는, 각자 소속이 다른 상황에서 그 시답잖은 커뮤니케이션에 어느 정도의 의미가 있는지는 알 수 없지만, 의미가 없으면 없을수록 그것은.

"…응. 그래. 아마, 재밌었던 것 같아."

그러자 미토의 표정이 순식간에 밝아졌다. 기쁜 듯이 웃으며 말했다.

"…그렇죠? 그렇다니까요. 역시 팀의 친목은 소중한 거예요!"

기본적으로 이 녀석은 멍청할 정도로 성격이 좋다. 덕분에 목숨을 건졌으니 은혜를 갚고 싶다, 그런 생각을 하는 양갓집 아가씨.

미토는 기쁜 듯한 얼굴로 등 뒤에서 장기판을 꺼냈다.

"짜—안. 실은 오늘 아침 편의점에서 사 온 건데요, 구렌이랑 나는 승부 안 했으니까 한 판 붙어 보지 않을래요?"

졸려서 싫어, 라고 하고 싶었지만, 어차피 이 학교 안에서 잘 수는 없었다.

때문에 구렌은 그 제안에 응했다.

"어디서 하지?"

그러자 구렌 앞자리에 앉아 있던 학생이 황급히 일어났다.

"주, 주조 님. 여기 앉으세요."

"고마워요."

당연하다는 듯이 미토는 고개를 끄덕이고, 구렌의 책상 위에 장기판을 놓았다.

그러자 교실 중앙에서 고시가 이리 왔다.

"오, 어제 못 다한 거, 하게?"

계속해서 분명, 자고 있었어야 할 신야가 고개도 들지 않고 말했다.

"…오늘은 구렌, 제대로 할 거야? 그럼 볼 거지만."

그러자 고시가 이쪽을 보고 말했다.

"엥? 너, 어제는 제대로 한 게 아니었다고?"

신야가 대답했다.

"전혀 아니었거든. 구렌은 거짓말쟁이잖아…."

그러자 고시가 책상 바로 옆까지 와 말했다.

"이거, 날 너무 깔봤네. 그럼 다시 한 판 붙어. 이번엔 제대로. 주조, 비켜 봐."

그러자 미토가 말했다.

"아뇨, 오늘은 내 차례예요."

마지막으로 신야가 고개를 들었다.

"아니, 구렌이 제대로 할 거면 내가 상대해 주고 싶은데 말이야~."

라는 둥, 도발을 해 오는 것이었다.

그러자 미토와 고시는 서로 얼굴을 마주보며 물러났다.

구렌은 그 졸린 듯한 신야 쪽을 보며 말했다.

"…이거, 무슨 의도지?"

그러자 신야는 실실 웃으며 대답했다.

"구렌, 점심시간에 쿠레토 형의 호출이 있잖아? 그러니까 잠 좀 깨고 가는 게 좋을 것 같아서 말이야."

"내 잠을 깨워 주겠다?"

"뭐, 그런 거야."

구렌은 그 말에 웃었다.

"너로선 무리야."

"증명해 보라고."

그러자 옆에서 미토가 말했다.

"잠깐 구렌. 그게 무슨 말버릇…."

그러나 그 말을 가로막으며 말했다.

"뭐 어때. 마침 점심시간까지 한가하던 참이었어. 상대해 주지."

그러자 신야가 몸을 일으켰다. 숨을 들이쉬고, 내쉬었다. 싱글 벙글 웃었다. 그리고 말했다.

"해 볼까. 한 수에 5초씩."

"3초로 해."

구렌이 말했다. 실전에서는 1초의 망설임이 생사를 가른다. 5초 씩이나 고민할 틈은 없다.

신야가 고개를 끄덕이고 승부가 시작되었다.

1시간 동안 신야와 일곱 번 싸웠다.

4전 3패로 앞섰지만 큰 차이는 못 된다. 운과 상황에 따라 결과는 얼마든 바뀐다.

미토와 고시를 상대로는 전승이었지만, 중간에 장기가 특기인 같은 반 다나카가 참가해 그 압도적인 실력 앞에 전원이 눈 깜짝할 사이에 패배했다.

그걸로 전부 웃음거리가 되었다.

결국 실전이라면 실전, 장기라면 장기 훈련을 받는 자가 이긴다.

그러나 그렇다면 과연 자신들은 지금 일어나고 있는 전쟁 훈련을 받고 있는 것일까?

"……."

벨이 울렸다.

4교시가 끝났다는 소리였다.

그러자 구렌은 옆에 앉아 있던 신야에게 말했다.

"일단 내 승리다."

그러자 신야가 웃으며 말했다.

"다나카의 승리지."

"나랑 네 승부 말이야."

"다음엔 내가 이길걸. 장기의 정석을 배워 올 테니까."

그러자 미토와 고시도,

"저도요."

"나도."

등등 하는지라,

"다들 장기에 너무 빠진 거 아냐?"

기가 막힌다는 듯이 말하더니 구렌은 일어섰다.

세 사람이 이쪽을 올려다보았다.

고시가 말했다.

"쿠레토 님의 호출?"

미토가 말했다.

"저기, 아무쪼록 실례되는 일 없도록 해요…."

구렌은 적당히 고개를 끄덕이고 대답했다.

"그래. 필사적으로 존댓말 쓸게."

"정말요?"

미토가 말했다. 걱정스러운 얼굴이었다. 분명 생판 남인 구렌을 걱정하는 얼굴. 고시도 그랬다. 동료를 걱정하는 얼굴.

구렌은 고개를 끄덕였다.

"그래, 조심할 테니까 귀찮게 굴지 마."

일어나 로커에서 일본도를 꺼내 허리에 찼다.

그리고 구렌은 이 학교에서 가장 지위가 높은 자의 호출에 응하여 학생회실로 향했다.

◆

학생회실 앞에는 한 여자가 있었다.

교실에서는 거의 만나 볼 수 없지만 분명 같은 반 여자.

미토와 마찬가지로 역시 명문 출신 미소녀.

금발을 양 갈래 머리로 한 산구 아오이라는 이름의 소녀가 구렌을 기다리고 있었다.

구렌은 아오이를 보고 말했다.

"네 주인이 불러서 왔는데."

"기다리고 있었어요."

"그런데 쿠레토는 학생회실에 없는 건가?"

"이쪽으로."

아오이의 권유에 발길을 돌렸다.

구렌은 그 뒤를 따랐다. 제1시부야 고교의 세일러복을 입은 아오이의 스커트는 짧은 것이, 암기를 감춰 둔 낌새는 없었다. 행동거지로 미루어 볼 때 나름대로 상당한 실력자임은 알 수 있지만, 무기를 휴대하고 있지 않은 것으로 볼 때 주술로 싸우는 타입이려나.

실력은 아마도 미토나 시구레와 비슷한 정도일 것이다. 만에 하나 뒤돌아 공격해 온다고 해도 자신이라면 상처 하나 없이 죽일 수 있다.

구렌은 그렇게 평가하면서 아오이에게 물었다.

"넌 나랑 같은 반일 텐데, 쿠레토의 부하는 수업도 면제되는 건가?"

아오이는 교실에 거의 얼굴 한 번 비추지 않았다. 입학한 뒤로 오늘 이때까지 얼굴을 본 것은 단 세 번뿐이었다.

아오이가 말했다.

"쓸데없는 건 싫어서."

"교실에 나오는 게 쓸데없다는 건가? 뭐, 그건 동감이지만."

그러자 아오이는 앞을 본 채 대답했다.

"아뇨, 이 대화 자체가―."

"쓸데없다고?"

"예. 당신은 어차피 제게 흥미가 없는 데다 본심도 이야기하지 않잖아요? 생판 남이니까."

생판 남. 생판 남이다. 이 학교에 있는 인간들은 다들 생판 남이다. 그런데 어째서 미토나 고시는 바보 같이 말을 걸어오는 걸까.

아오이가 이야기를 계속했다.

"그리고 저도 당신에게 본심을 이야기하지 않아요. 그럼 대체 무슨 대화를 해야 할까요?"

바로 그때 아오이가 이쪽을 돌아보고 엷은 미소를 띠었다.

"예를 들면 요즘 날씨 참 덥네요… 라든가?"

구렌은 웃었다.

"확실히."

"그럼 아무 말 마세요."

"흠."

"쿠레토 님께서는 지금 체육관 지하에 계십니다."

그러자 구렌은 떠올렸다. 바로 얼마 전 자신은 그 체육관 지하에 있는 작은 방에서 쿠레토에게 고문을 받았다.

"또 고문인가? 그 녀석, 고문 너무 좋아하는 거 아냐?"

"그게 제일 효율적이니까요."

"그래서, 날 또 고문하게?"

"아뇨. 지금 다른 분을 고문 중이랍니다."

"누구를?"

그러자 그 말에 아오이는 이쪽을 돌아보며 말했다.

"히이라기 마히루 님의 여동생—히이라기 시노아 님을요."

아오이는 이쪽의 표정을 바라보고 있었다.

그러나 구렌은 표정을 바꾸지 않았다. 아오이가 자신을 돌아보면서부터 마음을 흔드는 정보를 자신에게 던져 오고 있다는 것은 알 수 있었다.

때문에 동요하지는 않았다.

적어도 그것을 표정에 드러내지는 않았다.

"누구야, 그게."

구렌이 말하자 아오이의 스커트 주머니에서 휴대전화가 울렸다. 그녀가 그것을 꺼냈다.

"예. 산구 아오이입니다. 그런가요. 알겠습니다."

전화를 끊었다. 그리고 이쪽을 올려다보았다.

"…당신의 표정을 카메라로 찍었어요. 거짓말을 하는 반응은 아니었다나 봐요. 따라서 시험은 통과입니다."

"무슨 시험?"

"당신이 혹 히이라기 시노아와 접촉하고 있었는지 여부를 확인하는 시험이죠."

"뭐야, 그게. 왜 그런 시험을 해?"

"자세한 이야기는 쿠레토 님께 듣도록 하세요. 자, 고문실로 가 볼까요."

또 다시 아오이는 걷기 시작했다.

구렌은 역시 연기를 계속했다.

시노아를 모르는 연기를.

실종 후의 마히루와는 접촉한 적 없다는 연기를.

그러나 동시에 더욱 더 행동을 감출 필요가 있다는 생각이 들었다. 상황은 자신이 생각하는 것보다 훨씬 빨리 악화하기 시작하는 듯했다.

벌써 마히루는 발목을 잡히고 말았다. 시노아가 고문당한다. 다시 말해 쿠레토는 마히루가 배반자라 생각하고 있는 것이리라.

그리고 마히루는 여동생에게 이야기해 왔다.

구렌에 대해서.

자신의 마음에 대해서.

자신이 하고 있는 것에 대해서.

히이라기를 박살낼 만한 힘을 원하고 있다는 것에 대해서.

'햐쿠야 교'와 손을 잡고 히이라기를 배반, 그리고 또 다시 '햐쿠야 교'도 배반할 생각이라는 것에 대해서.

그 모든 것을 여동생에게 이야기해 왔다.

시노아는 아마도 고문당하고 죽을 것이다.

아니면 인질로 사용될 것이다.

그리고 시노아가 입을 열면 구렌도 죽을 것이다. 방금 쿠레토가 구렌의 표정을 시험했다는 것으로 미루어 볼 때 아직 입을 열지는 않았을 테지만, 아마도 시간문제일 것이다.

아직 어린 히이라기 시노아는 입을 열 것이다. 그 전에 죽일 필요가 있었다. 사고를 가장해 시노아를 죽일 필요가 있었다.

자신이 그것을 할 수 있을 것인가?

아니, 그것이 정말로 옳은 선택일 것인가?

"······."

복도를 나아갔다.

천천히 고문실로 향했다.

향후 일어날 전개에 대한 예상을 할 수가 없었다. 정보가 적어도 너무 적었다. 때문에 머릿속으로는 단지 마히루 생각만을 할 뿐이었다.

마히루는 이제 여동생조차 잘라 버릴 수 있을 것일까?

유일하게 마음을 허락했던 여동생도 버리고 앞으로 나아갈 수 있을 것인가?

마히루의 의중.

쿠레토의 의중.

'미카도노오니'의 의중.

'햐쿠야 교'의 의중.

이것은 역시 장기와는 다르다. 적이 많아도 너무 많다. 그 같은 여러 의중이 교차하는 와중에 한 번이라도 선택을 잘못하면 죽고 말 것이다.

"자, 그럼 어쩐다."

자신에게만 들릴 만큼 희미한 목소리로 그렇게 말하자 아오이가 돌아보았다.

"…지금, 뭐라고?"

"아니, 진짜 덥다고."

"그렇군요. 올해는 무더운 날이 기록적으로 많다나 보던데요."

"흐음."

"뭐, 알 바 아닌 이야기지만요."

정말로 알 바 아닌 이야기였다.

그리고 구렌은 체육관 지하에 있는 고문실로 향했다.

◆

고문실 문을 열자 피 냄새가 났다.

좁은 방 한복판에 의자가 하나 놓여 있었다.

양손 양발이 묶인 채 의자에 구속되어 있는 것은 아직 어린 소녀였다.

7, 8세의 소녀.

마히루를 빼닮은 미모와 차가운 눈동자를 지닌 소녀—히이라기 시노아였다.

시노아의 양손 양발 끝에서 피가 흐르고 있었다. 손톱이 벗겨졌던 것이다.

얼굴에도 흉터가 있었다. 얻어맞은 것이리라.

시노아가 이쪽을 올려다보았다.

구렌 쪽을 바라보았다.

그리고 미소 지었다.

"또~ 새로운 고문관인가요? 전 나쁜 짓 아무것도 안 했으니까 이만 좀 봐주셨으면 좋겠는데요~."

라며 가벼운 말투로 말했다.

그러나 방금 그 말로 알 수 있었다. 시노아는 구렌에 대해 말하지 않았다. 입을 열지 않은 것이다. 그러나 자신의 표정이 변해 버리고 만 것을 알 수 있었다.

시노아를 본 순간.

마히루의 여동생이 고문당한 것을 본 순간, 혐오의 표정이 떠올랐다.

"…그건 어떤 표정이지, 이치노세 구렌."

그런 목소리가 고문실 안쪽에서 들려왔다.

고개를 들자 어둠속에 한 사내가 서 있었다.

감정이 없는 지적인 얼굴을 한 사내.

이 학교의 정점에 서 있는 사내—히이라기 쿠레토였다.

벽에 등을 기대고 팔짱을 낀 채 이쪽을 바라보고 있었다. 허리의 벨트에는 일본도를 차고 있었다.

처음부터 거기 있었는지, 중간에 나타났는지—구렌은 쿠레토가 있는 줄 눈치채지 못했다. 만에 하나 불시에 기습을 받았더라면 죽었을 것이다. 쿠레토는 그만한 강함을 지녔다.

아무런 감정도 내비추지 않는 눈동자가 평가하듯 어둠속에서 구렌을 바라보았다.

그 눈동자에 구렌은 대답했다.

"어린애 괴롭히기는 싫어하거든."

"나도 좋아하지는 않는다."

"그럼 뭔데, 이건."

"히이라기의 인간이라면 이 정도는 별것 아닐 텐데? 실제로 녀석은 웃고 있다."

쿠레토가 말했다.

확실히 시노아는 실실 웃고 있었다. 고문을 참는 훈련을 받아왔던 것이다. 이 정도로는 아무렇지도 않았다. 하지만 그래도.

"…네 방식은 싫어."

구렌이 말하자 쿠레토는 웃었다.

"네가 좋아해 줘야 할 이유는 없다."

"그렇겠지."

"그래서 말인데. 시노아는 고문해도 입을 열지 않을 거다. 히이라기는 그런 식으로 훈련받지."

"……."

"때문에 고문은 의미가 없다. 녀석에게 뭘 해도 소용없다. 죽을 때까지 입을 열지 않을 거다."

히이라기는 그 정도로 혹독한 훈련을 받는다고 이야기하는 것일까, 아니면 시노아는 입을 열지 않으리라는 거짓 안심을 이쪽에 주려는 것일까.

아마도 전자겠지만.

이곳은 미쳐 돌아가는 곳이다. 미쳐 돌아가는 조직을 망가진 인간이 운영하고 있다. 시노아도, 마히루도, 쿠레토도, 신야도, 그 어떤 고문에도 굴복하지 않는 훈련을 이미 받았을 것이다.

쿠레토는 구렌을 바라보며 이야기를 계속했다.

"하지만 입을 열지 않는다고 해도 한 번 잃으면 두 번 다시 돌이킬 수 없는 것도 있는 법이지? 안 그러냐, 구렌?"

"……."

"녀석은 아직 8세다. 사랑 한번 해 본 적 없는 소녀다. 하지만 지금 이 자리에서 소중한 것을 잃는다면… 어떨까?"

"……."

"어린애가 고문당하는 것이 싫다면 지키고 싶지 않나?"

그 말에 구렌은 신음하듯이 "…쓰레기 같은 놈."이라고 말하자 쿠레토는 또 다시 웃었다.

"난 네 평가 따위 신경 안 쓴다. 아니면 설마, 이 세상의 부조리나 더러움에 대해 내게 설교할 생각이냐?"

"……."

"그럼 계속하겠다. '햐쿠야 교'가 접촉해 왔다. 배반자는 마히루인 모양이다. 사실이냐?"

갑자기 쿠레토가 본론으로 들어가 날카롭게 추궁했다. 쿠레토는 구렌을 바라보았다. 구렌에게 반응이 있는지 여부만을 계속해서 담담히 확인했다.

구렌은 대답하지 않았다.

그러자 쿠레토가 눈을 가늘게 뜨고 말했다.

"그 침묵은 긍정이냐?"

어떻게 대답해야 좋을지 알 수가 없었다. 무엇을 어떻게 선택해야 정답일지 알 수가 없었다. 쿠레토가 어디까지 정보를 가지고 있는지 알 수가 없었기 때문이었다.

그러나 대답하지 않을 수도 없다. 선택을 잘못하는 순간 곧바로 죽게 될 가능성이 있지만, 대답하지 않아도 역시 죽게 될 것이다.

구렌은 말했다.

"…모르겠어."

"어떤 부분이 말이냐?"

"마히루가 배반자인지 아닌지는 모르겠어."

"너는 배반자냐?"

"아니. 배반할 만한 힘이 이치노세에게는 없어. 게다가 배반한다고 해도 너희로서는 아프지도 가렵지도 않겠지."

"그래. 네가 배반한다면 죽여 버리면 그만이다. 좋아. 그 말은 믿지. 하지만 마히루의 배반을 너는 알고 있었다."

"천만에."

"녀석은 너를 좋아했지? 네게는 이야기한 게 아닌가?"

"들은 적 없어."

"하지만 시노아는 마히루가 너와 의논했다 그러던데?"

"거짓말 마시지."

136

만약 이미 시노아가 고문에 굴복했다면 지금 이 순간 구렌은 배반자로서 죽게 되었을 것이다.

아니면 '햐쿠야 교'가 구렌과 마히루가 접촉하고 있었다는 사실을 쿠레토에게 알렸더라도 역시 이 순간 죽게 되었을 것이다.

그러나 쿠레토는 엷게 웃으며 말했다.

"뭐, 그렇게 간단히 걸려들지는 않는군."

아무래도 어찌어찌 정답을 고른 것 같았다. 그러나 완전 외줄타기가 따로 없었다. 쿠레토는 마히루가 배반자였다—단지 그 정보만을 '햐쿠야 교'에게서 전해들은 것 같았다.

그러나 '햐쿠야 교'는 어쩔 생각으로 그런 정보 조작을 시작한 것일까.

물론 '햐쿠야 교'도 배반했다는 마히루에 대한 공세가 시작된 것이겠지만. 어쩌면 그 배반했다는 정보 자체가 거짓말이고 아직 마히루는 '햐쿠야 교'와 손을 잡고 있을 가능성도 있다. 그렇다면 히이라기를 배반한 것이 마히루라는 이 정보는 마히루 본인이 흘리고 있는 것일까?

도저히 진실을 알 수 없었다. 도저히 정답을 알 수 없었다.

뭐가 뭔지 알 수 없는데도 잘못 선택하면 죽게 되는 입장에 내몰려 버렸다.

구렌은 말했다.

"애당초 '햐쿠야 교'의 말을 그대로 믿는 거야?"

"응?"

"전쟁 중인 상대가 흘리는 정보를 히이라기는 아무렇지도 않게 믿는 거야? 라고 물었어."

그러자 쿠레토가 대답했다.

"천만에. 나는 내 눈으로 본 것만을 믿는다. 때문에 너를 죽이지 않았지. 시노아도 죽이지 않았어. '햐쿠야 교'가 어쩔 생각으로 이 정보를 가지고 온 건지 그 진의도 조사할 필요가 있는 데다 놈들의 정보전에 우왕좌왕할 생각은 없다. 뭐, 그래도 '햐쿠야 교'에서 전언을 가지고 온 놈은 고문관이 너무 신이 나서 고문하다가 그만 죽여 버리긴 했지만 말이야."

쿠레토가 시선을 살짝 옆으로 옮겼다.

옆방.

예전에 구렌이 고문받는 동안 쿠레토가 대기하던 방이었다. 시뻘건 액체가 바로 그 옆방에서 이리로 스며 나왔다. 감도는 피 냄새의 원인은 그곳에 시신이 있기 때문인 것 같았다.

"…그 고문을 어린애한테 보여 주면서 좋아라 한 건가?"

구렌이 말하자 쿠레토가 웃었다.

"이치노세는 참 정도 많지. 그래서 너희는 우리를 이길 수 없는 거다."

"…애당초 이길 마음은 없어."

"하하, 그런 점이 좋다니까, 구렌. 네 그 분수를 아는 점이 말이야."

쿠레토는 한 발짝 앞으로 나섰다. 시노아의 뒤에 섰다. 그 머리를 쓰다듬더니 의자 뒤쪽으로 매여 있던 구속구를 풀었다.

시노아는 해방되었다.

시노아가 쿠레토를 보고 "…일어나도 돼?"라고 묻자 쿠레토는 고개를 저었다.

"앉아 있어."

"……."

구렌은 시노아를 보았다. 그 가느다란 다리를 보았다. 상처가 심했다. 손톱이 벗겨지고 피부도 갈라졌다. 일어날 수는 없을 것 같은데—.

쿠레토가 말했다.

"이 상처는 분장이다. 시노아에게 고문은 하지 않았다. 배 다른 남매라고 하나 귀여운 여동생에게 나는 무의미한 고문 따위 하지 않는다, 구렌. 어차피 녀석은 입을 열지도 않을 테고 말이지."

그러자 그때 시노아가 일어났다. 실실 웃었다.

쿠레토가 말했다.

"앉아 있으라고 했지."

"재미없는 연기하는 거, 피곤한걸."

"아니, 아직 계속해야 해. 이 다음에는 신야를 부를 테니까. 그러니까 분장, 떼지 마라."

"……."

시노아가 곤란한 듯이 이쪽을 보았다. 그 눈동자에서 무슨 정보를 읽어 보려 했지만, 아무것도 알 수 없었다.

구렌이 말했다.

"다시 말해 처음부터 이건 나에 대한 테스트였나?"

쿠레토는 고개를 저었다.

"아니, 그냥 정보 수집이다. 강대한 적을 상대하다 보면 무엇이 진실인지 알 수 없게 되니까 말이야."

"그래서, 결과는?"

"너를 신용하겠다. 역시 너는 나의 소중한 부하다."

쿠레토는 그렇게 말했다.

그러나 그 이유를 알 수가 없었다. 대화의 어느 부분에서 그런 판단을 내리게 된 것인지—.

바로 그때,

"모르겠나?"

라고 쿠레토가 물었다.

마치 구렌의 심중을 꿰뚫어보고 있는 듯한 차가운 눈동자로 그렇게 말했다.

구렌은 여전히 표정을 바꾸지 않았다. 단, 손끝을 살짝 움직였다. 무슨 일이 일어나도 대응할 수 있도록. 허리의 검으로 매끄럽게 손을 이동시킬 수 있도록.

그러나 쿠레토의 분위기는 변하지 않았다.

그저 담담하게,

"…너와 시노아가 접촉한 적이 있다는 사실에 대해서는 이미 조사가 끝났다. 그러니까 먼저 시노아를 죽이겠다."

"…뭣."

순간, 시노아가 반응하고 말았다. 쿠레토가 손을 뻗어 그 목을 움켜쥐었다.

동시에 구렌이 움직여 허리의 칼을 뽑아서 쿠레토를 내리쳤다.

쿠레토는 이에 순식간에 반응했다. 허리에서 반만 칼을 뽑았다. 구렌의 공격을 받아 내며 말했다.

"…더 이상 꼼짝 마라, 시노아의 목뼈를 꺾어 버린다."

"……."

구렌은 쿠레토의 칼날을 아슬아슬하게 밀어붙이며 움직임을 멈추었다.

그러자 쿠레토는 웃었다.

"하하, 그 얼굴. 그래서 나는 너를 믿는 거다. 시노아를 잘라 버릴 수 없는, 인간다운 너를. 참고로 어젯밤 나는 히이라기 시노아의 처형을 선언했다. '햐쿠야 교'에도 알렸고, 히이라기의 동향을 캐고 있는 자라면 다 알 수 있는 방식으로 처형을 선언했다. 아, 참고로 너와 신야에게는 전해지지 않도록 했지만 말이다. 뭐, 그건 제쳐 놓고, 그 뒤 어떻게 됐을 것 같나?"

그 질문에 구렌은 쿠레토를 노려보았다.

쿠레토의 선언은 무엇을 위한 것인가, 간단하다. 히이라기 마히루를 끌어내기 위한 덫이다.

그러나.

"마히루가 무시했다는 건가?"

구렌이 말하자 쿠레토는 또 다시 웃었다. 그리고 시노아의 목을 놓고 그 손을 주머니에 넣었다. 안에서 휴대전화가 나왔다. 메일 화면이 떠 있었다.

발신인 란은 불명.

제목 란에는 '히이라기 마히루'라고 적혀 있었다.

그리고 본문 란에는,

[좋을 대로 하시길.]

이라고 달랑 적혀 있을 뿐이었다.

구렌은 그것을 보았다. 보란 듯이 태연히 여동생을 잘라 버리는 마히루의 메일을 보았다.

아니, 물론 그것이 사실인지 아닌지는 알 수 없다. 이미 이 세계는 거짓으로 넘쳐나 무엇이 진실인지 알 수 없다.

하지만 아마 그것은 정말로 마히루의 메일일 것이다.

마히루라면 그럴 것이다.

지금의 마히루라면 가능할 것이다.

적어도 지난번 우에노에서 만났을 당시의 마히루는 그것이 가능할 정도의 '광귀(狂鬼)'에 사로잡혀 있는 듯했다.

시노아가 그 휴대전화 쪽을 보았다. 살짝 당황스러워하듯 눈동자가 흔들렸다. 처음으로 보여 주는 아이 같은 얼굴. 아직 8세밖에 안 된 소녀의 얼굴.

언니에게서 버림받았다.

믿었던 언니에게서 버림받았다.

하지만 곧바로 시노아는 평정을 되찾았다. 당황스러워하던 표정이 가셨다. 그러나 쿠레토 앞에서는 이미 늦었다.

쿠레토가 칼을 되밀었다.

구렌은 한 발짝 뒤로 물러났다.

쿠레토는 더 이상 싸울 필요가 없다고 생각했는지 칼을 칼집에 넣어 버렸다.

그리고 이야기를 계속했다. 살짝 기가 막힌다는 듯한, 농담 같은 얼굴로 말했다.

"거 참, 놀랍지? 녀석과 메일 주소를 교환한 적도 없는데 언제 주소를 알아낸 걸까."

"……."

"게다가 이 컨트롤 능력. 정말 똑똑해. 이 메일 한 통으로 나는 고민하게 되겠지. 시노아를 죽여도 되는 걸까. 구렌을 죽여도 되는 걸까. 신야를 죽여도 되는 걸까. 누가 적이고 누가 같은 편일까? 어디까지가 녀석의 시나리오대로일까? 나는 녀석에게 놀아나고 있는 게 아닐까? 초동 대응도 늦었지. 학교는 이미 '햐쿠야 교'의 습격을 받아 희생자도 대량으로 나왔지. 완전 녀석의 페이스대로야."

"……."

"거 참, 여전히 무서운 녀석이라니까. 너와는 전혀 달라. 좋아하는 여자의 여동생이 죽게 되자 황급히 칼을 뽑아 버리는 너와는 말이다. 하지만 그래서 나는 너를 믿는다. 인간미가 있고, 동료를 배반하지 않는 너를. 그래, 너는 이야기의 중심에 있지 않아. 여자에게 이용당하는 멍청한 쓰레기니까 말이야."

"……."

"그런데 구렌, 사실은 이미 마히루와는 만난 적이 있지?"

쿠레토가 말했다.

그러나 쿠레토는 신경 쓰지 않는 것 같았다.

"딱히 대답하지 않아도 상관없다. 네가 무슨 말을 하든 나는 믿지 않을 테고, 게다가 충고하지만 너도 녀석을 믿지 않는 게 좋을걸. 녀석은 몹시 아름답지만… 괴물이거든, 구렌."

괴물.

확실히 그럴지도 모른다.

그러나 어째서 마히루는 그렇게 되어 버렸단 말인가, 알 수가 없었다. 어릴 적 약속을 나누었을 때는 단지 귀여운 소녀에 불과했다. 살짝 잘난 척은 해도 외로움을 타는 소녀.

그날.

그때 그 몹시도 맑던 날 두 사람이 생이별하게 된 뒤로 마히루에게 대체 무슨 일이 있었단 말인가.

쿠레토는 이야기를 계속했다.

"하지만 만약 네가 그 괴물을 제어할 수 있다면… 녀석에게 전해 줘라. 녀석은 네게 집착하고 있으니까 네 말은 들을지도 몰라."

그러자 구렌이 말했다.

"…뭐라고 전하지?"

그 말에 쿠레토가 대답했다.

"히이라기로 돌아와라, 라고. 나는 마히루와 구렌의 결혼을 반대하지 않는다, 라고."

"하, 왜 내가 마히루랑 결혼을 해?"

"그야, 연인이잖아?"

"어릴 적 얘기야."

"녀석은 너를 좋아한다."

"나랑은 상관없…."

그러나 그 말을 가로막으며 쿠레토는 이야기를 계속했다.

"내 알 바 아니다. 하지만 조금이라도 녀석을 구하고 싶다면 네가 해라, 구렌. 내가 허용하겠다."

"……."

"애당초 나는 낡은 인습에는 관심이 없다. 히이라기와 이치노세의 결합에 무슨 문제가 있다는 거냐? 시답잖고 비효율적인 다툼은 그렇지 않아도 지긋지긋하다. 다 같이 내 배하에 들어온다면 너희를 받아들이마. 그러니까 구렌, 녀석을 찾으면 네가 꽉 끌어안고 두 번 다시 놓치지 마라."

"……."

"아니면 죽여라. 그러지 않으면 녀석은 주변 사람들을 불행하게 할 거다. '햐쿠야 교'의 습격으로 학교에서 사망자가 몇 명이 나왔는지 알고 있나?"

구렌은 고개를 저었다.

"그런 거 관심 없어."

"그런 거 관심 없는 녀석이 동료를 구할 리가 있나. 고시나 주조나 너를 칭찬하더군. 신뢰할 수 있는 상냥하고 좋은 녀석이라고 말이야."

이 상황에서 그런 말을 하니 칭찬인지, 아니면 조소인지 알 수가 없었다.

"때문에 오늘 나는 너를 죽이지 않겠다. 마히루와 너는 인종이 다르기 때문에. 자제심이 강하고 동료를 소중히 여기는 너는 결코 위협이 되지 못한다. 너는 더 상위의 인간에게 종속되어 이용당할 때 비로소 높은 능력을 발휘하는 인간이다."

구렌은 쿠레토를 바라보았다. 쿠레토가 하고 있는 말은 사실이었다. 지금의 자신은 결코 히이라기를 박살낼 수 없을 것이다.

지금의 자신은, 아직은.

구렌은 말했다.

"…그건 그렇다 쳐도 꽤나 말이 많은걸. 대체 왜 그렇게 기를 쓰고 어필하려는 거지?"

그러자 쿠레토는 웃으며 대답했다.

"마히루와 얽혀 있을 가능성이 있는 인간이 지금 눈앞에 둘이나 있다. 그렇다면 분명 마히루에게도 이 이야기가 전달되겠지?"

다시 말해 쿠레토는 마히루에게 이야기하고 있는 것이었다.

쿠레토가 시노아 쪽으로 시선을 옮겼다. 시노아는 멍하니 이쪽의 대화를 듣고 있었다.

구렌은 칼을 칼집에 다시 넣으며 말했다.

"메일로 답장하라고. 난 마히루 연락처조차 몰라."

"하하, 하지만 녀석은 내 말을 듣지 않을걸."

"내가 말하면 들을 거라고?"

"적어도 나보다는 설득할 가능성이 있지 않나?"

쿠레토가 또 다시 휴대전화를 조작했다. 그러자 구렌의 휴대전화가 울렸다.

구렌이 주머니에서 휴대전화를 꺼내자 쿠레토에게서 메일이 와 있었다. 메일에는 처음 보는 메일 주소만이 적혀 있었다.

아마도 마히루의 메일 주소일 것이다.

"명령이다. 만나서 설득해라."

"싫다고 한다면?"

"나는 명령이라고 했다."

쿠레토가 그렇게 말했다.

구렌은 다시 한 번 휴대전화를 바라보았다. 그리고 물었다.

"쿠레토, 한 가지만 물어보자고."

"뭐냐?"

"너와 마히루, 둘 중 누가 더 강했지?"

그러자 쿠레토는 선선히 대답했다.

"마히루다."

"……."

"녀석은 천재였다. 그리고 타인의 아픔을 모르는 천재는 조직을 이끌어서는 안 돼."

구렌은 쿠레토를 보고 웃었다.

"그럼 넌 아픔을 안다고?"

"녀석에 비하면. 때문에 네 마음은 아플 만큼 잘 안다, 구렌. 땅을 기는 마음 잘 안다. 많이 괴로울 테지."

"헛소리."

구렌은 한숨을 쉬었다. 휴대전화를 바라보았다.

마히루의 메일 주소를 바라보았다.

이 메일 주소나 쿠레토가 받았다는 마히루의 메일의 내용이 진짜인지 현재로서는 알 수 없다. 구렌이나 시노아를 흔들려는 거짓일 가능성도 충분히 있다.

그러나 그래도 한 가지 분명한 사실이 있다면―확실히 마히루는 괴물이란 점이다.

쿠레토가 말했다.

"…자, 그럼 시작해 볼까. 녀석에게 메일을 보내라."

"말해 두지만 마히루랑 내 관계에 기대해 봤자…"

"잔말 말고 메일을 보내라."

쿠레토가 명령했다.

그러자 구렌은 손가락을 움직였다.

내용은,

─구렌이야. 답장 줘.

단지 그뿐.
송신을 눌렀다.
답장은 없었다.
구렌은 고개를 들고 쿠레토를 바라보며 말했다.
"만족하셨나?"
쿠레토는 잠자코 고개를 끄덕였다.
"접촉하면 바로 보고해라. 그리고 마히루에게는 적을 헷갈리지
마라, 그렇게 전해라. 히이라기는 너희의 적이 아니다."
"적이 아니면 배반할 일도 없을 텐데."
"그것을 깨닫게 하는 것이 네가 할 일이다, 구렌. 내 밑에서 네
가 그 망가진, 폐가 이만저만이 아닌 연애중독자 녀석을 제어해
라."
라고 쿠레토는 말했다.
구렌이 휴대전화를 다시 한 번 바라보고 주머니에 넣은 다음,
"할 얘기는 다 한 건가?"
라고 묻자 쿠레토는 고개를 끄덕였다.
"그래. 돌아가도 좋다."
시노아가 이쪽을 올려다보았다. 시선은 마주치지 않았다. 무슨
생각을 하는지는 알 수 없었지만, 눈이 맞으면 위험하다. 쿠레토
는 아주 사소한 거동조차 놓치지 않는다.
구렌은 방을 나서려 했다.

그러나 그 순간, 휴대전화가 울렸다. 구렌의 휴대전화였다. 방 안에 있던 전원의 시선이 휴대전화로 쏠렸다.

구렌은 휴대전화를 꺼냈다. 모르는 번호로 걸려 온 전화였다.

"마히루냐?"

쿠레토가 물었다.

구렌은 어깨를 으쓱였다.

"광고 전화일지도."

"받아라."

"......"

받지 않겠다, 그런 선택지는 없었다. 휴대전화를 받았다. 그러자 전화 저편에서 목소리가 들려왔다.

맑은 여자 목소리.

[누구?]

"이쪽이 할 말인데."

그러나 그걸로 서로가 서로를 인식했다. 전화를 건 상대는 역시 마히루였다.

마히루는 즐거운 듯이 말했다.

[어머, 살아 있었네.]

"멋대로 죽은 사람 만들지 마. 게다가 내 전화번호는 어떻게 안 거야*?"

"좋아하니까."

"시끄러워."

※과거 일본에서는 규격이 맞지 않아 SMS 대신 메일 연락이 일반적으로 쓰인 탓에 메일 주소는 알아도 전화번호를 몰라 통화가 불가능한 상황이 있었다.

"아하하."

마히루는 즐거운 듯이 웃었다. 구렌과 이야기하는 것이 진심으로 기쁜 듯이 웃었다.

[그래서, 시노아는 살아 있어?]

"옆에 있어."

[시체?]

"아니."

[좀 바꿔 줘.]

"추천은 못 하겠는데."

[옆에 쿠레토가 있어서? 아니면 도청당해서? 동생 걱정 해 줘서 고마워. 변함없이 상냥하네, 구렌. 하지만 괜찮으니까 좀 바꿔 줘.]

"……."

구렌은 휴대전화를 귀에서 떼었다. 고개를 들었다.

"동생 좀 바꿔 달라는데."

쿠레토가 잠시 생각하는 듯한 표정을 짓더니 말했다.

"스피커 폰으로."

구렌은 스피커 폰 버튼을 눌렀다. 그러자 휴대전화에서 목소리가 나오기 시작했다.

[시노아, 괜찮니?]

그러자 여동생이 게슴츠레한 눈으로 휴대전화를 바라보더니 히죽히죽 웃으며 대답했다.

"그 괜찮냐는 건 어떤 면에서 괜찮냐는 건가요?"

[응~. 그냥 전반적으로? 그래서, 좀 어때?]

그러자 살짝 불만스러운 듯이 입술을 삐죽거리며 시노아가 말했다.

"뭐, 언니의 예상대로 괜찮긴 하지만… 하지만 시노아, 불과 8세에 절체절명, 정조의 위기를 맞기는 했어요."

[와~, 쿠레토 의외로 롤리콤이었나 봐?]

"…진짜, 하나도 걱정 안 하는 목소리네요. 메일 보낸 거 봤어요. 좋은 대로 하시길, 이라고 적혀 있던데요."

[아하하, 그랬지. 상처 받았어?]

그러나 시노아는 고개를 저었다.

"아뇨. 달리 어쩔 수 없었다는 것도 알고 있고. 고문도 당하지 않았어요."

[그야 그렇겠지. 쿠레토는 효율이 안 좋은, 성과가 안 나오는 짓은 안 하니까. 그래서 약한 거지만. 뭐, 무사해서 다행이야. 그런데 이거, 스피커 폰?]

"네."

[누가 듣고 있어?]

"구렌, 쿠레토 오빠, 그리고 잘 모르는 금발 여자, 이런 구성이에요."

[산구 아오이? 그럼 아버지는 아직 안 나서셨나 봐?]

그러자 그 말에 쿠레토가 입을 열었다.

"아버지는 네 실종 자체를 모르신다."

[아, 쿠레토 오빠?]

"……"

[오랜만이에요.]

그 말을 가로막으며 쿠레토가 말했다.

"얕은꾀는 이쯤에서 그만둬라. 너는 히이라기를 배반하고 실종됐다. 너 때문에 벌써 동포가 수도 없이 죽었다. 대체 뭐 때문이냐? 왜 너는 실종된 거냐?"

그 질문에 마히루는 즐거운 듯이 대답했다.

[아하하, 나, 거짓말쟁이랑 나눌 말은 없거든요.]

"무슨 소리냐? 난 거짓말 따위…."

[아버지가 내 실종을 모른다고요? 그렇게 나한테 집착하던 아버지가?]

"사실이다."

[후, 후후, 후후후…. 그래서? 아버지는 화 많이 나셨나요? 차기 히이라기의 주인이 되어야 할 내가 배반한 일로.]

"그러니까, 아버지는 모르신다니까."

[거짓말, 거짓말. 아버지한테 전해 줘요. 난 사실 배반하고 싶지 않았다고. 하지만 쿠레토 오빠의 질투로 함정에 빠져—궁지에 몰렸던 거라고.]

"……."

쿠레토의 표정이 살짝 굳었다.

그러나 마히루는 멈추지 않았다.

[쿠레토 오빠가 '햐쿠야 교'와 손을 잡고 날 팔아넘기려 했다고. 난 배반한 게 아니라고 말이에요.]

그러나 그 말에 쿠레토가 말했다.

"그런 실없는 소리는 아무도 믿지 않을걸, 마히루."

[그럴까요? 나에 대한 아버지의 신뢰는 쿠레토 오빠에 대한 신

뢰보다 더 컸던 것 같은데요. 구조적으로도 힘이 약한 자가 강한 자를 질투하는 편이 더 이해하기 쉽잖아요? 과연 나랑 쿠레토 오빠, 둘 중 어느 쪽이 더 강했을까요? 진실은 잔혹해요. 난 오빠를 질투한 적 없어요. 그렇다면 다시 말해?]

"마히루. 그만 닥치지 못해."

[그리고 또 하나. 쿠레토 오빠는 지금 커다란 실수를 하고 있어요. 이 화제가 나왔을 때 전화를 바로 끊어야 했다는 거예요. 끊지 않은 이유는… 역탐지인가요? 확실히 시간을 들이면 내가 있는 곳을 알아낼 수 있을 거예요. 숨지도 않았고.]

그러자 그 말에 쿠레토는 씩 웃었다.

"아니, 이미 찾았다, 마히루. 특무 부대가—."

그러나 그 말을 가로막으며 마히루가 말했다.

[특무 부대라면 방금 전부 다 죽여 버렸어요.]

"……"

[아, 미안해요. 쿠레토 오빠는 동포의 죽음을 슬퍼했죠? 하지만 이게 동포일까요? '햐쿠야 교'와 손을 잡은 히이라기 쿠레토의 부하가 정말로 '미카도노오니'의 동포라고 부를 수 있는 존재일까요?]

바로 그때 방문이 열렸다.

제1시부야 고교의 교복을 입은 소년이 외쳤다.

"쿠레토 님! 마히루 님과의 대화가 교내에 방송되고 있습니다!"

쿠레토가 극도로 차가운 눈으로 그 학생 쪽을 보았다.

구렌이 돌아보자 문 한 귀퉁이에 주부가 붙어 있었다. 소리의 침입을 억제하기 위한 주부였다. 그것이 붙으면 공기의 진동이 잘 전해지지 않게 된다.

이 방에는 처음부터 바깥의 방송이 들리지 않도록 하기 위한 덫이 쳐져 있었던 것이다.

마히루의 덫이.

언제 붙여 둔 것인지는 알 수 없었다. 어쩌면 마히루가 실종되기 전이었을 가능성도 있었다.

지금 그들은 완벽히 마히루의 손바닥 위에 있었다. 배반이라느니 배반이 아니라느니, 그런 레벨이 아니었다.

괴물의 의지대로 그 손바닥 위에서 놀아나고 있었다.

마히루가 이야기를 계속했다.

[정말 무시무시한 이야기예요. 대체 '미카도노오니' 내부에 '햐쿠야 교'의 스파이가 몇 명이나 잠입해 있는 걸까요.]

"전화를 끊어라, 구렌. 이번에는 내 패배다."

쿠레토가 패배를 인정했다.

그러나 마히루는 멈추지 않았다.

[그리고 또 다시 그 비극이 일어날 거예요. 학교 학생들을 수없이 잃은 그 비극이. 히이라기 쿠레토, 당신 같은 배반자가 이 학교의 학생회장으로 있는 한….]

그때 쿠레토가 구렌에게서 휴대전화를 빼앗았다. 스피커폰을 오프로 하고 귀에 갖다 댔지만 의미가 없었다. 문 밖에서 온 학교의 스피커로 목소리가 울려 퍼지니까.

쿠레토가 말했다.

"넌 망가졌다, 마히루. 네 행위는 무차별적인 죽음을 확산시키는 행위다."

그렇다.

마히루는 그리 하려 하고 있었다. 만약 내부 항쟁이 일어난다면 '미카도노오니'에서 더욱 많은 인간이 죽을 것이다.

마히루가 대답했다.

[배반자 주제에 무슨 소리 하는 거죠.]

"나는 그것을 용납할 수 없다. 태연히 '미카도노오니'의 신도들을 무차별로 죽이려 하는 네 행위를 용납할 수 없다. 나는 동포를 지킬 것이다."

[아핫, 무슨 소리 하는 거죠. 이건 그쪽에서 초래한 사태예요, 쿠레토 오빠. 나를 욕보이려고 하다가 이루지 못한 원한 때문에 오빠는 폭주….]

그러자 쿠레토는 휴우 하고 숨을 내쉬더니 마히루의 목소리가 들리지 않을 만큼 큰 목소리로 말했다.

"간부 회의를 하겠다. 의제는 배반자—히이라기 마히루의 처형에 대해서다."

그리고 쿠레토는 전화를 끊었다.

갑자기 주변이 조용해졌다.

쿠레토가 구렌을 보았다.

"…그래서, 넌 이걸 알고 있었나?"

그 질문에 구렌은 말했다.

"이거?"

"지금 이 전개 말이다."

"알고 있었을 것 같아?"

쿠레토는 자조하듯이 웃었다.

"그럴 리가 없지. 가장 먼저 의심을 받을 너나 시노아에게 녀석이 정보를 넘기지는 않을 테니. 분명 녀석 혼자 하고 있을걸. 녀석은 '미카도노오니'와 '햐쿠야 교'를 단독으로 상대하기 시작했다. 정상이 아니야. 약간이나마 공포로 몸이 떨릴 지경이로군."

그 말에 구렌도 동감이었다.

대체 마히루는 언제부터, 어떻게, 어떤 사고회로로 이런 짓을 꾸민 걸까.

뭐니 뭐니 해도 마히루가 상대하고 있는 것은 이 나라에서도 1, 2위를 다투는 주술 조직이다.

쌍방이 서로 다투게 하면서 약점을 잡고 내부 붕괴시켜 간다.

단독으로.

구렌이 물었다.

"네가 마히루를 덮쳤다는 건…."

그러나 그 말을 가로막으며 쿠레토는 넌더리가 난다는 듯한 목소리로 물었다.

"그 말을 믿는 거냐."

"믿는 놈들도 있어."

"…그래. 그렇군. 있겠지."

쿠레토는 작게 말했다. 허둥거리는 낌새는 없었다. 단지 무언가를 생각하는 듯이 침묵 후,

"…이 정도로 히이라기는 와해되지 않는다."

"……."

"그러나 '햐쿠야 교'도 방금 그것을 도청했을 거다. 히이라기 내부에 있는 파벌 다툼과 약점을 찾았을걸. 그리고 말단 신도들은

흔들리겠지. 그것을 파고들어 올 거다. 아마 사람들이 죽어 나가 겠지. 동료들이 수없이 죽어 나갈 거다."

동료라고 말했다.

쿠레토가 동료라는 말을 선택했다.

본심인가, 아니면 퍼포먼스인가.

쿠레토가 이쪽을 보고 말했다.

"이봐, 구렌."

"뭔데."

"너는 무슨 목적으로 살아 있지? 네 야심은 뭐냐?"

"……."

"히이라기를 박살내는 거냐? 지금까지 너희를 괴롭혀 온 '미카 도노오니'를 짓밟고 너희가 위에 서는 거냐? 하지만 그것을 위한 희생은 얼마나 허용할 생각이냐?"

"……."

"너는 고시를 구했다. 주조를 구했다. 시노아의 죽음도 용납하지 못했다. 그런 네가 지금의 마히루와 같은 꿈을 꿀 수 있을까?"

쿠레토가 그런 질문을 해 왔다.

그러나 질문에 대한 대답은 나오지 않았다.

자신은 마히루가 될 수 있을 것인가?

괴물이 될 수 있을 것인가?

신야는 이렇게 말했다.

─마히루와 같은 선택을 할 거면 우리가 마히루를 구할 필요는 없다고 보는데.

그러나 자신의 야심은 마히루를 구하는 것이 아니다.

그렇다면 어떡해야 할까?

자신이 원하는 것은 무엇일까?

"무슨 말이 하고 싶은 거지?"

구렌이 묻자 쿠레토는 대답했다.

"나는 너를 신용한다. 네가 괴물이 아니라 인간 측에 있기 때문이다. 그러니까 구렌, 내 동료가 돼라."

"……."

"그렇게 하면 목숨을 건질 수 있다. 그리고 함께 최소한의 희생으로 이 문제에 대처할 수 있다."

그러더니 손을 뻗어 왔다.

아마도 쿠레토에게는 동료가 필요할 것이다. 신뢰할 수 있는 동료. '햐쿠야 교'의 입김이 닿지 않는 동료. 마히루와 얽혀 있지 않은 동료. 눈앞의 인간의 죽음을 용납하지 않는, 이용하기 쉬운 동료가.

다시 말해 와해는 이미 시작되었다.

히이라기 쿠레토는 궁지에 몰렸다. 그것도 이치노세의 쓰레기에게 기대지 않으면 안 될 정도로.

"……."

쿠레토가 뻗어 온 손.

그것을 멍하니 바라보고 있는 시노아의 눈동자.

구렌은 그 손을 잡지 않고 말했다.

"…거부한다고 해도 어차피 소용없겠지?"

그러자 쿠레토는 웃었다. 그리고,

"그래. 좋아. 마히루를 해치우자."

라고 말했다.

그러나 그걸로 끝날 이야기가 아니었다. 그것은 쿠레토도 알고 있을 것이다. 내부 항쟁의 불씨는 이미 불붙고 말았다.

'햐쿠야 교'와의 전쟁도 있었다.

지금은 8월 21일.

세계가 파멸한다는 크리스마스 날까지 앞으로 단 4개월.

"이거 너무 정신없잖아, 마히루."

아무에게도 들리지 않을 만큼 희미한 목소리로 구렌은 그렇게 중얼거렸다.

◆

구렌은 시노아와 함께 해방되었다.

고문실에서 체육관을 나왔다. 체육관의 입구에는 신야가 벽에 등을 기댄 채 기다리고 있었다.

신야가 이쪽을 보고 무언가 말하려 하다가 피투성이가 된 시노아를 보았다.

"…이런, 고문당한 건가?"

그러자 시노아가 손톱이 벗겨진 것처럼 보이는 손을 저으며 실실 웃었다.

"아뇨 아뇨, 분장이에요. 좀비 같죠? 어흥—."

하고 어린애처럼 양손을 들었지만, 신야는 어깨를 으쓱이며 웃었다.

"좀비는 어흥—이라고 안 하는데."

"그랬던가요?"

"우어―라고 하지."

"별로 다를 거 없는 것 같은데요."

"하하하, 그나저나 분장 한번 대단한걸. 구렌이랑 날 속이려던 건가?"

시노아가 고개를 끄덕였다.

"그런 거예요. 속았나요?"

"응. 완전히 속았어. 진짜 좀비인 줄 알았지 뭐야."

"어흥―!"

"우어―라니까."

라며 바보 같은 이야기를 나누는 것을 무시하고 구렌은 체육관을 나섰다.

"잠깐, 무시하기냐."

신야가 따라왔다.

그러자 구렌이 물었다.

"바깥 상황은 어때?"

마히루와 쿠레토의 대화는 온 학교에 방송되었을 것이다.

신야가 대답했다.

"굉장했어. 하지만 조용해. 다들 뭐가 진실인지, 어디로 어떻게 붙어야 이번 사건의 불똥을 뒤집어쓰는 일 없이 넘어갈 수 있을지 생각들 하는 것 같았어."

"미토와 고시는?"

"어라, 별일이네. 사이좋은 장기 친구들이 걱정되는 거야?"

신야가 즐거운 듯이 말하자 구렌은 넌더리가 난다는 듯이 신야

쪽을 보았다.

그러자 신야는 웃으며 다가와 나란히 걸었다.

구렌이 물었다.

"쿠레토는 너도 호출할 거라던데, 호출은 받았어?"

신야는 고개를 저었다.

"아니, 하지만 호출은 없지 않을까? 시노아가 가짜 좀비였다는 건 이미 알게 된 데다… 더 이상 그럴 때가 아니잖아."

조금 더 가자 교정에 있는 학생들의 모습이 눈에 들어왔다. 아무도 웃고 있지 않았다. 진지하게 무언가를 이야기하고 있었다.

화제의 중심은 아마도 향후 자신들은 어떻게 될 것인가, 하는 것.

일반 학생들은 '햐쿠야 교'와 '미카도노오니'가 다투고 있다는 사실조차 알지 못했을 것이다.

그러나 대규모 전쟁이 시작될 것이다. 아니, 이미 전쟁이 시작되었다―바로 그 사실을 지금은 다들 알아 버리고 만 것이다.

게다가 히이라기는 내분까지 일어나려 하는 상황이었다.

구렌은 아직 아무것도 하지 않았는데 히이라기가 뒤흔들리고 세계의 형태가 뒤바뀌려고 했다.

"어디서부터 방송이 나갔어? 나랑 마히루 얘기도 들렸어?"

구렌이 묻자 신야가 이쪽을 보았다.

"아, 구렌도 이야기했어?"

아무래도 쿠레토가 함정에 빠지는 부분만 방송된 모양이다.

"마히루가 너한테는 뭐라고 그랬어?"

그 질문에 구렌은 대답했다.

"아직 살아 있었어? 라고."

"아하하, 마히루답네. 진심이려나."

그러자 옆에서 시노아가 말했다.

"언니는 그럴 때 거짓말만 하니까 진심은 아니라고 봐요."

그 말에 구렌은 시노아를 바라보았다.

그러자 시노아는 이야기를 계속했다.

"또 평소보다 목소리가 조금 신이 나 있었어요. 아마 너무너무 좋아하는 구렌 씨와 이야기할 수 있어 기뻤던 게 아닐까요."

그러자 신야가 웃으며 말했다.

"아니 잠깐. 그럼 정혼자인 내 입장은 어떻게 되는 거지?"

"글쎄요. 어린애인 전 아직 어른들의 남녀 관계에 대해서는 잘 몰라서요."

하고 게슴츠레한 눈으로 시노아가 어깨를 으쓱했다.

그런 그녀의 모습을 구렌은 바라보았다. 그녀가 무슨 의도로 방금 그런 발언을 한 것인지 알 수가 없었다. 예전에 시노아에게 소속이 어디냐고 물었을 때 그녀는 재미있는 쪽이라고 대답했다.

히이라기에도 관심이 없고, '햐쿠야 교'에 소속된 것도 아니다. 언니가 상냥하니까 좋다고 말은 했지만—

"시노아."

"네."

"넌 마히루에게 버림받았어. 걔는 네가 죽어도 신경 안 써."

"네. 그렇겠죠."

시노아는 선선히 고개를 끄덕였다.

"그래도 넌 마히루 편이냐?"

그렇게 묻자 시노아는 눈을 휙 들어 비스듬히 위를 보며 말했다.

"하지만 제가 죽는 걸 제일 싫어할 사람은 그래도 언니일 걸요. 딴 사람은 제가 어느 날 갑자기 어디 길바닥에서 죽는다 해도 신경 하나 안 쓸 걸요?"

구렌은 그런 소리를 태연히 하는 시노아를 내려다보며 말했다.

"약간은 신경 써."

"호— 희한한 사람이네요."

뒤이어 옆에 있는 신야도 말했다.

"나도 네가 죽으면 울 거야. 좀비가 돼도 곤란하고 말이야."

"어흥—?"

"우어—."

시노아는 그러자 게슴츠레한 눈으로 미소 지었다. 그 얼굴이 어딘가 마히루와 닮은 데가 있었다. 시노아는 두 사람의 시선을 올려다보았다.

"흐음 흐음~. 이거 놀랄 노자인걸요. 몇 번 만나 본 적도 없는 두 분이 내 죽음을 슬퍼하신다니. 그만큼 언니는 두 분의 사랑을 받고 있다는 걸까요. 언니랑 부록으로 저까지 걱정해 주시는 걸 보면."

어째서인지 시노아는 자신의 가치를 몹시 낮게 매기는 것 같았다. 물론 그 정도로 우수한 언니를 두면 그러는 이유도 알 것 같지만.

시노아가 말했다.

"하지만 유감스럽게도 저나 구렌 씨나 신야 오빠나, 언니는 상대도 안 해 주고 있어요. 오늘 분명 버림받기도 했고, 더 이상 접촉해 오지 않을걸요. 언니가 이 학교에서 하고 싶었던 건 이제 다 했어요."

확실히 그랬다.

이곳에서 시작된 불은 '미카도노오니' 전체로 번져 나갈 것이다.

상황 여하에 따라서는 당장이라도 '햐쿠야 교'와 '미카도노오니'의 전면 전쟁이 일어날지도 모른다.

반면 구렌이나 신야에 대한 감시는 느슨해질 것이다. 마히루는 오늘 그 정도의 짓을 저지른 것이다. 신야도 그렇고 구렌도 그렇고 히이라기에게 감추고 있는 비밀이 있었지만, 그만한 비밀은 무시해도 상관없을 정도로 거대한 사건을 마히루가 일으켜 버렸다.

무엇보다 '미카도노오니'와 '햐쿠야 교'가 교전 상태라는 사실이 전교생에게 알려져 버리고 만 것은 상황을 단번에 악화시킬 것이다.

피차 내부 신도들에게 감추듯이 수면 아래에서 움직이고 있던 계획이 더 이상 머물러 있지 못하고 단번에 수면 위로 드러나 버렸다.

때문에 만약 마히루가 '햐쿠야 교'를 배반했다는 것이 사실이라면 오늘 이 일로 '햐쿠야 교'도 당황하고 있을 것이다.

아니면 이것도 전부 다 마히루와 손을 잡은 '햐쿠야 교'의 작전일까.

"……."

그러나 그 작전에 자신이 낄 곳은 없었다.

주역은 마히루.

히이라기.

'햐쿠야 교'.

이치노세 가는 없다. 상대도 해 주지 않는다. 쿠레토나 시노아의 말대로.

자신은 위협이 못 된다.

이 차이의 이유는 무엇일까.

다시 한 번 마히루의 말을 떠올려 보았다.

—하지만 지금의 너로선 무리지? 서글플 정도로 내가 더 강해. 뭐니 뭐니 해도 난 토끼니까. 파멸로 치닫는 토끼. 그래서 거북이 왕자님을 기다리고 있어. 파멸하기 전에 날 구해 봐, 구렌.

마히루는 파멸을 받아들였다. 망가지기를 받아들였다. 지켜야 할 것을 모두 버렸다.

그것은 정답일까, 오답일까.

"……."

어째서인지 오른팔에 살짝 위화감이 느껴졌다. 찌르르 하고 아파왔다. 절단했는데도 '오니'의 힘으로 접합된 팔에 고통이 있었다. 그것을 구렌은 왼손으로 만졌다.

신야가 말했다.

"…그래서, 어쩔 거야. 구렌?"

어쩔 거고 자시고, 지금은 뾰족한 수가 없다.

단지 발 빠르게 움직이는 마히루를, 손가락을 빨며 바라보는 수밖에.

그리고 전쟁이 시작될 것이다.

대규모 전쟁이 시작될 것이다.

그때 이치노세가 서는 위치는 어디가 될 것인가. 어디가 가장 큰 어부지리를 얻을 만한 곳일까?

아니, 애당초 자신에게 그럴 각오가 있을까?

히이라기를 박살낼 각오가—.

히이라기를 박살낸다는 것은 '햐쿠야 교'에게도 굴하지 않는다는 것을 뜻한다. 히이라기를 박살내고 '햐쿠야 교'의 비호하에 들어가면 지금까지와 다를 것이 없다.

그러면 어떡할 것인가? 어떡해야 할 것인가?

시간이 없다. 시간이 없다. 고민하고 있을 시간이 없다.

생각하자.

잘 생각하자.

자신이 무엇을 원하는가?

내가 무엇을 원하고 있는가?

아무것도 하지 않으면 아무것도 하지 않은 채 전쟁이 끝날 것이다.

둘 중 한 쪽은 이길 것이다.

어쩌면 둘 다 멸망할 수도 있다.

어느 쪽이든 수많은 사람이 죽을 것이다. 누군가의 야심 때문에 무의미하게 사람이 죽을 것이다. 만약 그래도 그 와중에 자신의 어떤 야심을 관철하겠다 하면 그것은 곧 수라의 길이다. 시체 위에 억지로 만들어지는 길이다.

그리고 어차피 시체의 산을 쌓을 거면 어째서 토끼와 거북이를 연기할 필요가 있단 말인가. 늦든 빠르든 결과는 바뀌지 않는다.

그렇다면 이미 수단과 방법을 가릴 여지는 없는 것이 아닐까?

구렌은 걸음을 멈추었다.

"왜 그래?"

신야가 물었지만 대답하지 않았다.

팔이 쑤셨다. '오니'가 들어 있다는 왼팔의 상처가 쑤셨다. 상흔은 없었다. 이미 피부도 말끔히 완치되었다. 그런데 그 접합된 부분이 뜨겁게, 뜨겁게 쑤셨다.

"구렌?"

"…응?"

"괜찮아?"

그러자 구렌이 고개를 끄덕였다.

"문제없어."

"정말?"

"그래."

바로 그때, 점심시간의 종료를 알리는 벨이 울렸다. 신야와 시노아가 그 소리가 나는 쪽을 올려다보았다.

"아, 5교시 시작했다."

신야가 말하자 시노아가 구렌을 향해 작은 손을 쏙 내밀었다.

구렌은 그것을 내려다보며 물었다.

"뭔데?"

"돈 주세요."

"뭐?"

"전 이만 집에 가려고요. 못마땅한 얼굴을 한 어른들이 쓸데없이 전쟁을 하는 거죠? 하지만 그런 건 전혀 관심 없어요."

"……."

"그런데 저, 집에 있다가 납치돼 온 거라 지갑도 없고 맨발이거든요. 그래서 택시 타고 집에 가려고요."

"흠. 그런데 왜 그 돈을 내가 내지?"

"그야 당연히 귀여운 소꿉친구의 동생을 챙겨 주는 차원…."

"알 바 아냐."

"네—?"

시노아가 히죽히죽 웃었다.

그러자 옆에 있던 신야도 웃더니 지갑을 꺼내 그 안에서 1만 엔짜리 지폐를 꺼냈다.

"내가 택시 불러 줄게. 그러니까 마히루한테 누가 정혼자인지 얘기 좀 잘 해 줘."

시노아가 그러는 신야를 올려다보았다.

"언니 좋아해요?"

"음—. 글쎄다."

"그럼 왜 그런 얘기를 해 달라고 그러시나요?"

"구렌한테 지는 게 싫거든."

"그럼 그냥 승부인가요?"

그러자 또 다시 신야는,

"음—. 글쎄다."

라며 똑같은 말을 하더니 웃었다.

시노아가 희한한 듯이 고개를 갸웃거리며 말했다.

"어느 쪽인가요?"

"어느 쪽 같아?"

"전 몰라요. 관심도 없고."

"그렇지―? 그럼 택시 부를게."

신야는 휴대전화를 조작하기 시작했다.

그러자 시노아가 끈적끈적한 피로 새빨개진 손을 팔랑거리며 말했다.

"그 택시, 좀비도 탈 수 있나요?"

"시노아는 귀여우니까 괜찮지 않을까?"

"뭐～ 확실히. 태어날 때부터 언니를 닮아 미인이라는 건 저도 인식하고 있지만요～."

그 대화를 무시하고 구렌은 가던 길을 다시 가기 시작했다.

머릿속은 쓸데없는 전쟁과 힘에 대한 생각으로 가득했다.

좌우지간 힘이 모자라다.

마히루를 따라잡기 위한 힘이 모자라다.

그렇다면 어떡해야 할까? 어떡해야 앞으로 나아갈 수 있을까? 마히루는 천재다. 게다가 '오니'에게 혼을 팔아 가면서까지 앞으로 나아가는 토끼다.

그런 마히루를 잡고 계속 앞으로 나가기 위해서는 어떡해야 할까?

구렌은 그것만을 생각했다.

그러자 그때 또 다시 휴대전화가 울렸다.

주머니 안에서 꺼내자 방금 전 그 번호로 또 다시 전화가 왔다.

마히루였다.

히이라기 마히루가 전화를 걸어 온 것이다.

"……"

받아야 할 것인가 말아야 할 것인가. 그것도 알 수가 없었다. 받는 순간 쿠레토에게 도청당해 배반자라며 목숨을 잃게 될 가능성도 있었다. 아직 자신이 약한 탓에 늘 이리저리 휘둘리며 생사의 선택을 강요당하는 노릇이었다.

"…진짜, 지긋지긋하다니까."

구렌은 시노아와 신야에게서 거리를 두면서 휴대전화를 받았다.

"그래서?"

라고 물었다.

[…….]

마히루는 대답하지 않았다. 상대가 마히루인지 아닌지조차 알수가 없었다.

"왜 나한테 전화를 한 거야? 이 전화는…."

그러자 마히루의 목소리가 전화 저편에서 들려왔다.

[도청은 안 돼.]

"못 믿겠는걸."

[괜찮아.]

"그래서, 무슨 볼일인데?"

[응, 그게, 구렌의… 목소리가 듣고 싶어서.]

마히루가 가냘픈 목소리로 말했다. 쿠레토를 협박하던 때와는 전혀 다른 목소리였다.

그러자 구렌은 웃었다.

"방금 전에는 살아 있었어? 라고 웃으며 날 바보 취급하고서?"

그러자 마히루는 잠시 말을 멈추었다. 희미한 숨소리가 들려온

뒤,

　[…그건, 내가 아냐.]

라고 하는 것이었다.

"그럼 누군데?"

　[오니.]

"……."

　[나한테 들린 오니.]

" '귀주' 말이야?"

　[…응.]

"넌 오니에게 조종당하고 있는 거야?"

　[…응.]

마히루는 고분고분하고 귀여운 목소리로 대답했다. 아까 쿠레토와 대화하던 때와는 달리 아양 떠는 듯한, 어리광부리는 듯한, 그러면서도 심지 굳은 목소리. 구렌이 옛날부터 알던 마히루의 목소리.

그 목소리로 '오니'에게 조종당하고 있다는 것이다.

'오니'.

'오니'의 저주.

구렌은 눈을 가늘게 뜨며 휴대전화를 쥔 오른손을 또 다시 만졌다. 자신의 몸에도 이미 '오니'의 저주가 섞여 버렸다. 혈액은 독성을 띠게 되어 그 피를 주사하는 것만으로 미츠키의 손이 괴물로 변모하고 말았다.

그리고 바로 그 괴물이 마히루의 몸을 가로채 조종하고 있다는 것이다.

그러나,

"…방금 말한 게 오니가 아니란 증거는?"

[없어.]

"그럼 더 이상의 대화는…."

[자, 잠깐! 끊지 마, 구렌. 지금 전화를 끊으면 두 번 다시 얘기 못 할지도 몰라.]

마히루가 살짝 당황한 목소리로 말했다.

그것이 함정인지 진실인지는 알 수가 없었다. 때문에 전화는 이만 끊어야 하는 건지도 모른다. 쿠레토는 그 점에서 실수를 저질렀다. 마히루는 똑똑하다. 이상할 정도로 똑똑하다. 대화만으로도 조종당하게 될 가능성이 있다.

마히루와는 대화를 하지 말아야 한다.

구렌은 엄지손가락을 움직였다.

그러나.

"……."

전화를 끊을 수가 없었다.

끊어야 하는데 끊을 수가 없었다.

"대체 나랑 할 말이 뭐가 있어?"

라고 묻고 말았다.

그러자 마히루가 안도 어린 목소리로 대답했다.

[…너한테 부탁이 있어서.]

"하, 나도 조종하려고 그래?"

[아냐. 그런 게 아냐. 그런 얘기가… 윽, …아, 안 돼…. 시간이.]

갑자기 마히루가 괴로운 듯한 목소리를 냈다. 허억 허억 하는

174

거친 숨소리.

그리고 전에도 그것을 본 적이 있었다. 마히루는 몇 번인가 마치 이중인격 같은 태도와 언동을 보인 적이 있었던 것이다.

그때의 마히루는 구렌에게 달아나라 했다. '오니'와 얽히지 말라고 했다. 자신은 이미 존재하지 않는다고 했다. 그것이 연기가 아니었다면.

"…너, 진짜 마히루 맞냐?"

구렌이 묻자 마히루는 괴로운 듯이 대답했다.

[…응. 내 안의 오니가 잠들어 있는 동안… 전화, 하는, 거야.]

연기인지 아닌지 알 수가 없었다. 그러나 무엇보다 연기를 할 필요가 있는 걸까? 마히루는 단독으로 '미카도노오니'나 '햐쿠야교'를 마음대로 농락할 수 있다. 그런데 이제 와서 구렌의 힘이 필요할까?

"나한테 부탁이라니, 뭔데?"

[날….]

마히루는 괴로운 듯이 말했다.

[날, 죽여 줘….]

마히루는 그렇게 말했다.

[이미 하루 중 내 의식이 현재화(顯在化)해 있는 시간이 얼마 안 돼…. 아직 내가 저항할 수 있을 때… 지금.]

구렌은 그 말을 가로막으며 말했다.

"웃기지 마. 어디 있는지 가르쳐 줘. 내가 네 안의 오니를 컨트롤해 주겠어."

[…안 돼. 괜한 생각 하지 마. 나랑 만나면 곧바로 죽을 거야.]

"잔말 말고 어디 있는지….."

[구렌! 제발! 지금밖에 없어. 이제 곧 난 사라질 거야. 그럼 더 이상 날 죽일 수 있는 인간이 없게 돼.]

"거창한 자신감인걸. 죽일 수 있는 인간이 없게 돼? 네가 무슨 신이라도 될 생각이야?"

[제발, 시간이…!]

"거절하겠어. 어디 있는지 말해. 내가 널 구해 줄게."

[구렌, 이미 너무 늦….]

"잔말 말고 어디 있는지….."

[구렌!]

마히루가 고함을 질렀다.

아니, 전화 저편에서 마히루는 사실 울고 있었는지도 모른다. 훌쩍훌쩍, 콧물을 훌쩍이는 듯한 목소리가 들려왔다.

그리고 마히루는 말했다.

[이미 너무 늦었어….]

"……."

[구렌이 구해 주려는 건 기쁘지만… 난 돌아갈 수 없어. 더 이상 인간이 아니니까. 그러니까….]

"죽이는 수밖에 없다?"

[이제 구렌한테밖에 부탁 못 해.]

"…나더러 널 죽여 달라고?"

[미안. 미안해.]

"대체….."

왜 이렇게 된 거야? 라고 구렌은 말하려 했다. 왜 영리한 마히루가 이런 바보 같은 선택을 한 거야, 라고.

왜 인간이기를 그만둔 거야? 왜 돌이킬 수 없는 곳까지 가 버린 거야?

왜, 넌.

"…날 기다리지 않은 거야…?"

구렌은 그 말을 해 버리고 말았다. 그러나 그것은 너무나도 바보 같은, 무책임한 말이었다. 기다려 보았자 아무 일도 일어나지 않았을 것이다. 현재의 구렌에게는 히이라기가 정한 법을 꺾을 만한 힘이 없었다. 마히루를 구할 힘이 없었다.

때문에 방금 그 말은 허튼 소리였다. 힘없는 남자의 허세였다.

그런데도 전화 저편에서 또 다시 오열 같은 목소리가 들려왔다.

마히루가 떨리는 목소리로 말했다.

[우우… 구렌.]

"……"

[너무너무 좋아, 구렌.]

"……"

[이 감정을 품은 채 날 죽게….]

그러나 그 말을 가로막으며 구렌은 말했다.

"…안 돼. 난 널 구할 거야."

[부탁이야.]

"안 돼."

[죽여 줘.]

"시끄러워. 그리고 지금 어디 있는지 말해. 얘기는 그 다음이야."

구렌은 말했다.

그러자 마히루는 순순히 자신의 위치를 알렸다. 만날 시간도 정했다. 그 시간이면 마히루는 의식이 돌아와 있을 거라고 했다. 그러나 그 시간이 점점 짧아지고 있어서 서두를 필요가 했다고 했다.

만나려면 오늘이다.

내일은 이미 의식이 없을 가능성이 있다.

때문에 오늘 마히루와 만날 필요가 있다는 이야기였다.

물론 그것은 함정인지도 모른다.

마히루는 연기를 하고 있는지도 모른다.

절대로 가면 안 된다.

이성적 사고나 판단은 모두 마히루의 말에 따르면 안 된다고 외치고 있었다.

그러나, 그래도 구렌은.

"……."

더없이 약하고, 허술하고, 오니가 아니라 아직 인간인 이치노세 구렌은—.

히이라기 마히루를 만나러 갔다.

◆

마히루가 지정한 장소는 전철 도큐덴엔토시 선에서 시부야로부터 한 정거장 거리인 이케지리오하시라는 역에서 도보로 15분가

량 떨어진 곳이었다.

하얀색 5층짜리 아파트. 한 층에 문이 다섯 개씩 있었는데, 이 크기로 다섯 집이라면 아마도 원룸 아파트일 것이다.

그곳에 마히루가 빌린 집이 있다고 했다. 최상층. 501호. 구석 집이었다.

구렌은 좁은 입구를 지나 엘리베이터에 탔다. 아마도 네 명 남 짓밖에 타지 못할 크기. 이곳에서는 습격당해도 공간적으로 칼을 뽑을 수 없을 것이다. 구렌은 등에 매고 있는 검 가방에 든 요도를 보았다.

미행은 당하지 않았을 것이다. 미행당했다 해도 중간에 몇 번이고 전철을 갈아탔으니 뿌리칠 수 있었을 것이다. 무엇보다 아파트로 오는 길은 미행이 있는지 없는지 확인하기에 용이한, 탁 트인 길이 많았다. 그렇게 되도록 마히루가 길을 고른 것이리라.

정말 이곳에 마히루가 살고 있을 경우의 이야기겠지만.

엘리베이터가 열렸다. 구렌은 501호로 향했다. 통로도 좁았다. 다수의 적에게 습격당해도 일제히 공격을 받을 가능성이 덜한 구조였다.

시간은 오후 5시 반.

하늘은 아직 밝았다.

기온도 높았다.

마히루는 정말 이 아파트에 있는 걸까.

구렌은 501호 앞에 섰다.

"……."

실내의 기척을 살폈지만, 마히루가 있는지 없는지는 알 수가 없었다.

벨을 눌러 볼까?

문을 열어 볼까?

구렌은 후자를 택했다.

문은 아무렇지도 않게 열렸다. 자물쇠는 걸려 있지 않았다. 미지근한 바람이 자신을 스쳐 지나갔다. 창문이 열려 있는 걸까?

좁은 현관에 놓여 있는 여자용 가죽 구두. 어두운 복도. 복도 옆에는 화장실과 욕실. 그리고 그 안쪽에 방이 있는 것 같았다.

구렌은 신발을 벗지 않고 그대로 실내에 발을 들였다.

역시 사람의 기척은 없었다.

짧은 복도를 지나자 다다미 여섯 장 남짓한 크기의 방이 있었다. 침대와 책상뿐인 심플한 방.

벽에 걸려 있는 제1시부야 고교의 세일러복.

귀여운 토끼와 거북이 봉제인형.

발 빠른 토끼와 어리바리한 거북이—.

"…하, 바보 취급하고 있어."

구렌은 내뱉듯이 중얼거렸다.

그러나 그곳에는 생활의 냄새가 있었다. 마히루의 냄새. 은은한 향수 냄새. 구렌은 그 냄새가 싫지 않았다.

그러나 아무도 없었다.

창문이 열려 있었다. 바람에 커튼이 나부껴 밖에서 빛이 깜빡깜빡 방 안으로 비쳐 들고 있었다.

책상 위의 시계는 5시 33분.

마히루가 지정한 시간은 5시 30분이었다.

다시 말해 마히루는 이미 3분 지각한 셈이다.

"……."

구렌은 말없이 책상 앞에 섰다.

책상 위에 있는 것은 액자와 두터운 노트.

액자 안에서 두 아이가 웃고 있었다.

대여섯 살의 소녀가 역시 같은 또래 소년의 팔을 부둥켜안고 있었다. 소년은 얼굴을 붉힌 채 카메라 쪽을 보고 있지 않았다.

어릴 적의 마히루와 구렌의 사진이었다. 마히루가 이런 것을 아직도 가지고 있었나, 구렌은 그런 생각을 했다.

"……."

책상 위의 노트를 펼쳐 보았다.

그 안에는 손으로 쓴 글자가 빼곡이 적혀 있었다. 그것이 마히루의 글자인지 아닌지, 얼핏 봐서는 알 수가 없었다.

그러나 그곳에 빼곡히 적혀 있던 것은 '귀주'의 실험에 대한 정보였다.

주로 인체 실험이었다.

실험체가 죽었다. 그와 관련된 데이터.

실험체가 죽었다. 그와 관련된 데이터.

그리고 그때마다 매번, 노트 작성자의 코멘트가 약간씩 적혀 있었다. 어째서 실험이 실패했는지. 이전보다 실험체가 '오니'에 몇 분 더 견딜 수 있게 되었는지. 이 실험은 성공 가능성이 있는 것인지. 어떡해야 실용 레벨까지 도달할 수 있을 것인지.

"……."

그리고 중간에 이런 코멘트가 적혀 있었다.

—이런 몸이 되어서는 더 이상 구렌을 만날 수 없어….

실험체 중 한 사람은 마히루였다.

아니, 마히루와 시노아였다.

마히루와 시노아는 그 실험을 위해 히이라기 가 당주의 정자를 이용, '오니'와 섞인 여성 실험체를 인공 수정시켜 태어나게 한 아이들 같았다.

다시 말해 마히루와 시노아는 태어난 순간부터 실험 재료였던 것이다.

이 실험은 상당히 오랜 시간과 예산을 들여 진행되었지만, 정상적인, 제대로 된 인간으로 태어난 것은 마히루와 시노아뿐이었다.

그러나 태어난 두 사람은, 이번에는 또 극히 평범한 인간이었다.

우수하지만 평범한 인간.

때문에 그 시점에 실험은 한 번 중단되었다. '귀주'를 실용화하기란 현재의 기술로는 불가능하다. 더 이상 예산을 들이는 것은 무의미하다, 그런 판단 때문이었다.

그러나 그 실험은 그걸로 끝난 것이 아니었다.

연구자들은 포기했지만, 그걸로 끝난 것이 아니었다.

어느 날 마히루가 꿈을 꾸기 시작했던 것이다. 그것은 어두운 꿈이었다. 몹시 어두운 꿈이었다. 암흑 속에서 오니가 질문을 해 오는 꿈이었다.

같은 꿈을 아직 어리던 시노아도 꾸는 것 같았다. 그리고 마히루는 그 사실을 아무에게도 말하지 않도록 여동생에게 단단히 일렀다. 아직 어린 여동생이 고문당해도 결코 마히루를 거론하지 않도록 훈련까지 시켰다.

오니가 말을 건다는 사실이 만약 아버지에게 들킨다면—히이라기에게 들킨다면, 또 다시 연구가 시작되어 버리기 때문에.

사람으로서 살 수 없게 되어 버리기 때문에.

"……."

그러나 아무리 감춰도 오니의 목소리는 나날이 커져 갔다.

그리고 목소리는 늘 같은 소리를 했다.

사람을 죽여라.

욕망을 팽창시켜라.

모든 것을 파괴해라.

해마다, 몸이 성장할 때마다, 자신의 마음이나 기분, 과시욕, 성욕, 인정받고자 하는 욕구가 커져 갈 때마다 오니의 목소리는 더욱 더 커져 가는 것 같았다.

자신들이 극히 평범한 인간으로 보인 이유는 아직 자기 안에 욕망이 싹트지 않았기 때문이었다.

그러나 이제는 그렇지 못하다.

더 이상 그렇지 못하다.

자기 안에 욕망이 있다.

구렌과 함께 있고 싶다.

좋아하는 사람과 함께 있고 싶다.

사랑하는 사람에게 안기고 싶다.

그렇다면 전부 부숴 버려라.

모든 것을 부숴 버려라.

그렇게 오니가 말했다.

오니가 명했다.

이대로 가다가는 언젠가 이상해져 버리고 말 것이다. 사람조차 아니게 되어 버릴지도 모른다.

살아가기 위해서는 이 힘을 제어할 필요가 있었다.

욕망의 상한은 아무래도 제2차 성징과 깊은 관계가 있는 것 같았다. 첫 생리와 동시에 오니로부터의 접촉이 급격히 늘었다. 이제는 의식을 잃을 때마저 있었다. 욕망에 자신을 잃을 때마저 있었다. 그 기간이 서서히, 서서히 늘어나기 시작했다.

힘의 제어를 서두를 필요가 있었다.

동생 시노아가 초경을 맞이하기 전에 이 실험을 완성시킬 필요가 있었다.

"……."

때문에 마히루는 인체실험을 재개했다.

'귀주'를 완성시키는 실험을 재개했다.

손을 잡은 상대는 '햐쿠야 교'.

히이라기의 정보를 파는 대신 연구를 위한 자금과 지식을 제공받았다.

히이라기와 손을 잡을 수는 없었다. 금세 여동생 안의 오니가 들킬 테니까. 만약 들키면 다시 여동생에 대한 인체 실험이 시작되어 버리고 말 테니까.

때문에 마히루는 자신을 실험 재료로 고독한 싸움을 시작했다.

"……."

두꺼운 노트의 전반부. 아직 글자에 어렴풋이 어린 티가 남아 있는 부분을 다 읽었을 무렵 구렌은 고개를 들었다. 벽걸이 시계에 표시되는 시간은 벌써 7시가 훌쩍 넘어가 있었다.

방은 이미 어두웠다. 해가 다 떨어진 것이다. 노트의 글자가 거의 보이지 않았다.

"…참 내, 지각해도 너무 지각하는 거 아냐?"

구렌은 신음하듯이 중얼거렸다.

어둠 속.

꼼짝 않고 가만히 있었다.

마히루가 '귀주'의 실험에 손을 댄 것은 자신의 욕망을 위해서가 아니었다. 마히루는 자신이 원해서 이 실험을 시작한 것이 아니었다. 어쩔 수 없는 이유로 마히루가 궁지에 몰려 가는 모습이 노트에 적혀 있었다.

"……."

등 뒤에서 희미한 기척이 났다. 흔들리는 커튼 너머. 열려 있던 창문 바깥.

여자의 실루엣이 있었다.

"…마히루냐?"

구렌이 묻자,

"…응."

마히루의 대답이 들렸다.

"계속 거기 서 있었어?"

"아니. 방금 막 왔어."

"…그럼 엄청 지각이네."

"……."

그 말에 마히루는 대답하지 않았다.

구렌은 마히루 쪽을 바라보고 칼이 들어 있는 검가방 끈을 느슨히 풀었다. 당연히 마히루도 그것을 눈치챌 것이다.

구렌은 물었다.

"…아니면 혹시, 여기서 나랑 만날 약속을 한 걸 몰랐던 거야?"

만약 그렇다면 커튼 너머에 있는 것은 마히루가 아니다.

오니다.

마히루의 몸을 가로챈 오니.

칼자루에 손을 갖다 댔다.

이제 언제든지 뽑을 수 있다.

마히루가 웃었다.

"아하하… 그럼 어쩔 건데?"

"……."

"죽일 거야?"

구렌은 대답했다.

"…넌 죽여 달라고 말했어."

"그러니까, 죽일 거야? 네가 그럴 수 있겠어?"

오니였다.

오니가 그곳에 있었다.

"마히루는 더 이상 없는 거냐?"

구렌이 묻자 마히루는 다시 웃었다.

"있어. 내가 마히루야."

"넌 마히루가 아냐."

"마히루거든? 봐, 머리카락도, 가슴도, 몸도, 전부 다…."

"넌 마히루가 아냐."

그러나 마히루는 웃었다.

밝게 웃었다.

"아하하, 하하하, 하하하하하. 너무해. 그럼 난 뭔데? 난 대체 뭐냐고?"

"……."

"난 널 계속 기다렸어. 네가 구하러 와 주기를, 계속 기다렸어. 안아 줬으면 했어. 네가 세게 안아 줬으면 했어."

"……."

"순결도 지켰어. 내 첫 경험은 너한테 주려고. 응? 구렌."

"닥쳐."

"구렌, 안아 줘, 날…."

"닥쳐!"

구렌은 고함을 지르고 커튼을 열었다.

베란다에는 세일러복 차림의 마히루가 서 있었다.

마히루는 웃고 있지 않았다.

전혀 웃고 있지 않았다.

눈에는 눈물이 고여 있었다.

구렌을 본 순간 더 이상 참을 수 없게 된 듯, 마히루의 얼굴이 구깃구깃 일그러졌다. 눈에서 눈물이 흘러넘치고, 겁에 질린 듯이 한 발짝 물러났다.

그리고 달아나려 했다.

구렌은 순간적으로 마히루의 팔을 움켜쥐고 말았다. 만약 마히루가 구렌을 죽일 생각이었다면, 적이었다면, 오니였다면, 아마도 그것으로 끝이었을 것이다. 죽었을 것이다.

그러나 아랑곳하지 않고 구렌은 마히루의 팔을 움켜쥐고 잡아당겨 품 안에 끌어안았다.

마히루는 떨고 있었다.

계속 떨고 있었다.

"…너무 늦게 왔어, 구렌. 지각한 건… 늦은 건 내가 아니란 말이야."

마히루는 그런 말을 했다.

구렌은 그 말에,

"…응, 그래. 미안."

이라고밖에 할 말이 없었다.

마히루는 떨면서 저항했다. 떨어지려 했다.

"…놔."

"마히루, 진정해."

"…이미 너무 늦었어."

"마히루."

"나, 이미 인간이 아냐, 구렌. 너한테 안아 달라고 할 수 없어. 그럴 자격이 없어. 더 이상 너랑 함께할 수…."

그 말을 가로막으며 구렌이 말했다.

"지금 함께 있잖아! 지금 난 너랑 함께 있어!"

마히루를 힘껏 끌어안고 진정시키려 했다.

마히루의 몸이 계속 떨렸다.

마히루의 깊은 어둠을 메울 수가 없었다.

하지만 그래도 지금 구렌은 가능한 한 힘껏 마히루를 끌어안았다.

"……."

마히루의 몸에서 힘이 빠져나갔다. 마치 도움을 요청하듯이 마히루는 구렌에게 안겨 왔다. 머리를 가슴에 파묻었다. 윽, 윽, 울음을 참는 듯한 소리가 들려왔다.

역시 구렌으로서는 그것을 어떻게 할 수가 없었다. 지금은, 당장은, 도울 방법이 없었다. 때문에 한참을 말없이 마히루의 몸을 끌어안고 있을 뿐이었다. 마히루의 몸은 부드러웠으며, 이미 다 성숙해 있었다.

커튼의 틈새로 비쳐 드는 달빛이 책상 위의 사진을 비추었다. 그곳에는 아직 어릴 적의 두 사람이 찍혀 있었다. 사진 안의 마히루는 티 없이 맑은 얼굴로 기쁜 듯이 웃고 있었다. 구렌은 왠지 그것이 쑥스러워서 견딜 수가 없었다.

하지만 그때부터 마히루는 어둠을 품고 있었던 것일까? 오니의 목소리로부터 계속해서 달아나고 있었던 것일까?

문득 마히루의 목소리를 떠올렸다.

마히루는 옛날에 이렇게 말했다.

—나… 구렌이랑 떨어지기 싫어.

그러나 두 사람은 떨어졌다.

그리고 10년이나 흐르고 말았다.

지금, 더 이상 마히루는 티 없이 맑은 얼굴로 웃지 못한다. 단지 울기만 뿐, 아니면 포기한 듯이 웃을 뿐.

이것을 어떡해야 할까? 구렌은 생각했다.

마히루의 얼굴을 부드럽게 쓰다듬으면서 구렌은 말했다.

"일단 다시는 나한테서 떨어지지 마. 너무 늦은 게 어딨어. 내가 할게. 널 구해 줄게. 그러니까…"

"무리야."

마히루가 토라진 듯한 목소리로 말했다.

그러나 구렌은 고개를 저었다.

"무리 아냐."

"무리야."

"무리 아냐."

"무리란 말이야!"

눈물에 떨리는 목소리로 어리광부리듯 마히루가 외쳤다.

그러나 그 말에 구렌은 다시 한 번 말했다.

"무리 아냐."

그리고, 어째서 이렇게 무책임한 말 밖에 하지 못하는 것인지, 자신의 약함을 원망했다.

아무런 근거도 자신도 없는 말.

그러나 적어도,

"…넌 이제 혼자가 아냐."

라고 구렌은 말했다.

마히루가 더욱 힘껏 구렌을 끌어안았다. 조금씩 조금씩 떨림이 멎기 시작하는 것이 느껴졌다.

마히루가 고개를 들었다. 그 눈에서는 여전히 눈물이 흘러나오고 있었다. 그래도 마히루는 너무나 아름다웠다.

"…구렌."

이라고 속삭였다.

"아직도 날 좋아해?"

그에 대한 대답은 아직 알 수가 없었다. 계속 떨어져 있었기 때문에.

여섯 살 때는 틀림없이 마히루가 좋았다. 마히루가 전부라고 해도 과언이 아니었다. 마히루를 되찾기 위해 힘을 손에 넣자—구렌은 그렇게 생각했다.

그러나 시간이 너무 지나고 말았다

10년.

한 번도 만나지 못하고 10년.

지금은 부하가 있다. 이치노세가 이끄는 '미카도노오니'의 동료들의 목숨을 짊어지고 있다. 조금이라도 판단을 그르친다면 목숨을 잃을 가능성이 있다.

무책임한 행동은 할 수 없다.

그러나 오늘 이미 그 책임을 방기해 버리고 말았다.

와서는 안 될 곳에서 안아선 안 될 상대를 안았다.

때문에 자신은 여기서 죽을 가능성이 있다.

그리고 죽으면 모든 것이 끝난다.

아무도 지킬 수 없다.

아무도 구할 수 없다.

어린애 같은 야심도, 지금까지 쌓아 온 야망도, 전부 다 헛수고로 돌아간다.

마히루가 겁이 난 얼굴로 웃었다.

"…안 좋아해? 하긴 그래. 벌써 10년이나 지났는걸."

"……."

"게다가 이런… 이런 더 이상 인간도 아닌 추한 괴물을… 사랑하다니 그럴 리가…."

그러나 구렌은 그 말을 가로막으며 넌더리가 난다는 듯한 얼굴로 말했다.

"아, 젠장, 시끄럽다고, 너 진짜. 상황을 보면 다 알잖아. 난 여기 와서는 안 되는 거였어. 너랑 접촉하면 안 되는 거였어. 그런데 대체 내가 지금 뭐 하고 있는 거냐고…."

진짜 넌더리가 났다.

자신의 약함에, 자신을 믿고 따라 와 주는 동료들에 대한 배반에.

그러나 이 행동에 타산은 조금도 없는 것인가? 아무런 타산도 없는 것인가? 마히루를 동료로 끌어들이면 자신들에게 이익이 있지 않겠느냐는 생각이 조금이라도 있다면, 그나마 자신을 용서할 수 있을 텐데.

"…젠장, 나도 진짜 바보라니까."

절망하듯이 구렌이 말했다.

그러자 마히루의 표정이 또 다시 일그러졌다. 기쁜 듯이 일그러지며 눈물이 흘렀다.

"좋아해, 구렌."

가슴에 매달려 왔다.

마히루의 떨림은 이미 멎었다.

방금 그걸로 마히루가 품고 있던 어둠을 조금은 메울 수 있었을 까?

암흑. 달빛. 흔들리는 커튼.

조금 더 마히루를 어둠 밖으로 끌어내려면 어떻게 해야 할 것인 가?

마히루가 품안에서 말했다.

"…그럼, 그럼 나 안아 줄 거야?"

"……."

"이런 괴물이라도 날 안아 줄 거야?"

"……."

마히루는 자신을 괴물이라고 말했다.

추한 괴물이라고.

몹시 상처받았음을 알 수 있었다. 당연했다. 마히루는 자신과 같은 불과 16세의 소녀였다.

그런데도 혼자였다.

계속 혼자였다.

구렌은 물었다.

"…널 안으면, 네가 끌어안고 있는 어둠이 사라져?"

"…모르겠어."

마히루는 말했다.

"이제 아무것도 모르겠어, 구렌. 나… 나, 지쳤…."

그러나 그 순간 구렌이 뺨을 어루만졌다. 턱을 끌어 올려 마히 루의 입술에 자신의 입술을 포갰다.

과연 옳은 선택이었는지, 그것은 알 수 없었다. 마히루의 입술의 부드러운 감촉이 자신에게 전해져 왔다. 괴물로는 보이지 않았다. 추한 괴물로는 보이지 않았다.

마히루는 눈을 크게 떴다. 동공이 활짝 열리고, 황홀한 듯 눈을 감았다.

마히루에 대한 욕망이 자신 안에 존재하는 것을 느꼈다.

그리고 오니는 바로 그 인간의 욕망을 좋아한다고 했다.

욕망.

추한 욕망.

잠시 두 사람은 그대로 있었다.

밤바람이 커튼을 흔들며 불어 왔다. 얼마나 그대로 있었을까.

마히루가 한 발짝 뒤로 물러섰다.

"에, 에헤헤."

그리고 살짝 부끄러운 듯이 웃었다.

가슴을 부여잡으며,

"…구렌, 갑자기 키스하니까 심장이 두근거려서 터질 것 같잖아."

라고 하는 것이었다.

구렌은 마히루에게 물었다.

"불안은 좀 사라졌어?

그러자 살짝 슬픈 듯이 마히루는 이쪽을 바라보았다.

"…그럼, 방금 그건 내 입을 다물게 하려고…."

"아냐."

그 말을 가로막으며 구렌은 말했다.

그러자 마히루는 또 다시 부끄러운 듯이 웃었다. 뺨을 붉히며 말했다.

"그랬구나… 그런 거 아니었어."

"그래."

"그럼."

마히루가 뺨을 새빨갛게 붉히며 말했다.

"저기… 날… 이런 날… 원해 줄 거야?"

원했다. 그건 틀림없었다. 자신 안에 그런 욕망이 있었다.

좁은 방. 마히루의 냄새. 달빛.

커튼. 바람. 책상 위의 사진.

여름밤. 추억.

약속. 꿈.

야망. 절망.

희망. 세계.

크리스마스.

멸망.

동료.

히이라기.

'햐쿠야 교'.

이치노세.

생각해 보면 얼마든지 떠올릴 수 있었다. 이성적인 이야기는 얼마든지 할 수 있었다.

그러나 마히루는 울 듯한 얼굴로,

"있잖아, 구렌. 나…."

더 이상 말하게 놔두지 않았다.

마히루의 팔을 다시 한 번 움켜쥐었다. 자신에게로 끌어당겼다. 마히루는 그것을 기다렸다는 듯이 구렌의 가슴에 안겨 또 다시 울었다.

이것은 슬픈 러브 스토리인가.

아니면 단순한 동정인가.

정답은 알 수 없었다. 아니, 애당초 정답에 의미가 있는지 없는지조차 이제는 알 수가 없었다.

때문에 그날, 구렌은 마히루를 안았다.

◆

"······."

모든 것이 끝나자 마히루는 침대 밖으로 나왔다.

방 안은 여전히 어두컴컴했다.

그 어둠 속에서 마히루는 흐트러진 세일러복을 정돈했다. 구렌에게 아무 말도 하지 않고 밖으로 나가려고 했다.

그리고, 그럴 줄 알고 있었다.

서로 안는 동안 마히루는 계속 기쁜 듯, 그러면서도 슬픈 듯 보였기 때문이었다.

어둠을 잊으려는 것뿐이었다. 결코 사라지지 않는 어둠을 한순간 잊으려는 것뿐이었다. 마히루의 피부에서는 그리움이 느껴졌다. 어릴 적 만졌던 것과 같았다. 그 무렵의 마히루는 늘 빛나는 듯한 미소를 띠고 있었다. 구렌도 둘이 있으면 어떤 꿈이든 이룰 수 있을 것 같았다.

─너무 너무 좋아, 구렌! 구렌은?

─…….

─응? 구렌은?

─…….

─응? 구렌, 나 좋아한다고 말해 줘!

─싫어.

─왜? 난 이렇게 좋아하는데!

어릴 적 마히루는 곧잘 그렇게 말하며 떼썼다. 구렌은 늘 쑥스러워서 그 말에 응할 수 없었다.

그리고 지금은 이미 늦었다는 것이다. 절망적일 정도로 늦었다는 것이다.

"나가는 거야?"

구렌이 묻자 마히루가 고개를 끄덕였다.

"…응."

"난 널 구할 수 없어?"

"아니, 지금 구해 줬어."

"가지 마, 마히루. 내가…."

"지켜 줄 수 없어. 아직 지켜 줄 수 없어. 알잖아."

"…….''

"게다가 구렌한테는 지켜야 할 게 있잖아. 나 말고 다른 동료가."

"…….''

"아니면, 지금 당장 증명해 준다면 함께할 수도 있어. 만에 하나 네가 정말 날 좋아해서 함께해 줄 거라면… 동료를 전부 다 죽여

봐."

마히루가 돌아보았다. 울 듯한 얼굴로 미소를 지었다.

"…그럴 수 없잖아?"

"……."

"구렌은 상냥하니까. 불쌍한, 딱한 나를 위로하려고 안아 줄 정도로 상냥하니까. 자기 생각밖에 안 하는 나랑은 전혀 달라."

그 말에 구렌은 마히루를 올려다보면서 말했다. 마히루의 얼굴은 달빛에 비쳐 몹시 아름다웠다.

"동료를 지키는 게 그렇게 어리석은 짓이야?"

마히루를 고개를 저었다.

"아니, 멋지다고 봐. 구렌은 멋져. 하지만 그래선 강해질 수 없어."

"너도 동생을 지키려고 하는 거잖아."

"맞아. 맞는 말이야. 그래서, 시노아의 오니는 내가 먹었어. 동생을 구하려고 필사적으로 내가 먹었어. 그래서 난 망가졌어. 오니를 두 마리나 먹어서 난 망가졌어. 하지만."

마히루는 이쪽을 바라보며 말했다.

"…이렇게 망가진 나지만, 아마 오늘 일은 잊지 못할 거야. 구렌. 너무 좋아해. 그리고 고마워. 내 사랑을 이루게 해 줘서. 이걸로…."

그리고 마히루는 두 손을 벌렸다.

"…이걸로… 지금, 이 순간, 내 안의 약한 부분이 죽었어. 너한테 전화를 걸어 버린, 네가 너무너무 좋아 견딜 수가 없는 나약하고 어린 6세의 마히루가 이 세상에 대한 집착을 잃고 죽었어."

구렌은 그렇게 말하는 마히루를 바라보며 말했다.

"…그걸 위해 날 이용했다고?"

"그래."

"약함을 없애기 위해서? 그럼 마히루는 더 이상 없는 거야? 넌 오니가 된 거야?"

"그런 셈이 되네."

"웃기지 마. 울 것 같은 얼굴로 그런 소릴 해 봤자 누가 믿을 것 같아?"

마히루는 이쪽을 보았다.

슬픈 듯한 얼굴로 이쪽을 보았다.

아직 인간으로 보였다. 연약한 소녀로 보였다. 그러나 마히루는 슬픈 듯이 말했다.

"… '귀주'의 자료는 이대로 두고 갈게. 만약 날 구해 줄 거면 전부 다 죽여 버린 다음 또 다시 만나러 와."

"마히루. 넌 대체 뭐랑 싸우는 거야?"

"……"

"오니를 먹었다는 건, 시노아는 이제 무해하단 거야? 그럼 남은 문제가 뭔데? 네 안의 오니야? 그럼 그건 우리 연구소에서…."

그러나 그 말을 가로막으며 마히루가 말했다.

"…네 야심은 거기서 멈추는 거야?"

"……"

"날 손에 넣으면 그걸로 행복해질 것 같아? 지켜야 할 게 한두 가지가 아닌 네가 전부 다 버리고 나랑 달아날 수 있어?"

"……"

"그것 봐."

마히루는 또 다시 올 것 같은 얼굴로 웃었다.

구렌은 그런 마히루의 얼굴을 바라보며 말했다.

"하지만 그럼 네 야심은 뭔데? 네가 원하는 게 뭔데? 왜 이런 짓을 하냐고? 히이라기를 박살내는 게 소원이야?"

그러나 그 말에 대답하지 않은 채 마히루는 바닥을 박차고 뛰어올랐다. 마히루의 몸은 가볍게 창가까지 이동했다. 쫓을 수 없었다. 막을 수 없었다. 지금의 구렌으로서는 마히루의 움직임을 쫓아갈 수 없었다.

마히루가 말했다.

"…하지만, 미안, 구렌. 휘말리게 해서."

"무슨 소리야."

"시노아의 오니는 제거했으면서 너한테는 오니를 나눠 줬어. 그러니까 너도 오니가 될 거야. 분명, 분명 난 구렌한테 어리광부리는 거야…."

"그럼 여기 남아. 나랑 같이 싸워."

그러나 마히루는 고개를 저었다.

"시간이 없거든."

무슨 시간일까.

마히루가 사람으로 있을 수 있는 시간?

아니면 세계가 멸망하기까지의 시간?

"크리스마스 날 대체 무슨 일이 일어나는 거야?"

마히루는 그 말에 선뜻 대답했다.

"전에도 말했지만 문자 그대로 파멸이—최초의 종말은 욕망으로 가득한 추한 어른들에 의해 초래될 거야. 구체적으로 말하면 전 세계에서 13세 이상의 인간은 다 죽어."

"…뭐?"

"신이 분노했거든. 탐욕스러운 우리들에게. 더러운 연구만 하면서 욕망을 팽창시키는 인간들의 도를 넘는 추함에.

그래서 대지가 썩어 버릴 거야.

마물(魔物)이 배회할 거야.

하늘에서 독이 내릴 거야.

종말의 세라프가 나팔을 불고, 이 세계는 붕괴할 거야.

그러면 분명 인간은 살아남을 수 없어. 연약한 인간은 그런 세계에서는 살아남을 수 없어."

마히루의 말에 구렌은 떠올렸다.

크리스마스. 파멸. 바이러스.

"…테러야? '햐쿠야 교'가 바이러스를 살포하려는 거야?"

그러나 마히루는 역시 슬픈 듯이, 그러면서도 요염히 웃었다.

바로 그때 마히루의 뒤쪽 커튼이 또 다시 펄럭였다. 그러나 그 것은 바람 때문이 아니었다. 검은 사람 그림자였다. 커튼이 찢어 졌다.

날아든 것은 어젯밤 공원에서 본 여자였다.

아름다운 여자.

크게 벌어진 입.

그 입에 나 있는 송곳니.

흡혈귀였다.

인간으로서는 결코 이길 수 없는 상대.

"…드디어 찾았다, 히이라기 마히루."

흡혈귀가 말했다.

"마히루!"

구렌은 외쳤다.

그러나 마히루는 웃으면서 모르는 누군가의 이름을 불렀다.

"…나오렴, 아슈라마루."

그러자 마히루의 호출에 응하듯 오른손에서 칠흑의 칼날을 지닌 칼이 돌연 나타났다.

마히루는 그것을 휘둘렀다. 아마도 '귀주'의 무기일 것이다. 그 칼을 휘두르는 움직임이 보이지 않았다. 명백히 흡혈귀보다 빨랐다.

"아…."

흡혈귀의 몸이 두 동강 났다. 흡혈귀는 놀란 표정을 지었지만, 그러나 그것으로 끝이었다. 상반신과 하반신이 소멸해 버렸다.

구렌은 움직일 수조차 없었다. 단지 마히루의 이름을 외칠 뿐.

마히루는 '귀주'의 칼을 다시 거둬들이고 돌아보았다. 역시 슬픈 얼굴이었다.

"있잖아, 구렌. 어제 흡혈귀에게 쫓기느라 무서웠어?"

"…그럼, 그건 네가."

"'햐쿠야 교' 측의 전멸. 그걸 저지른 건 히이라기 측—이라는 소문을 흘렸어. 그래서 오늘 '햐쿠야 교'는 보복할 거야. 그럼 이번에는 또 다시 히이라기가 '햐쿠야 교'에게 보복할 거야. 그럼 또 다시 '햐쿠야 교'가…."

그 말을 가로막으며 쾅 하고 무언가가 멀리서 폭발하는 듯한 소리가 났다.

쾅, 쾅쾅, 쾅앙 쾅앙, 마치 전쟁 영화에서 나는 듯한 굉음이 연속해서 들려왔다.

그리고 뒤이어 경찰차와 소방차의 사이렌이 들려오기 시작했다.

방향은 시부야 쪽이었다.

마히루는 웃고 있었다.

마히루는 웃고 있었다.

"자, 시작됐어. 어제까지는 나 혼자만 토끼였지만… 오늘부터는 달라. 다들 토끼가 되어야 해. 전 세계의 모두가 토끼. 서둘러야 해, 서둘러야 해."

구렌은 그런 마히루를 바라보았다. 그리고 창문 너머로 시선을 돌렸다.

굉음이 끊이지 않았다.

폭발 소리는 시부야에서 약 3킬로 떨어진 이 주변에서도 들리기 시작했다.

"아핫, 역시 동료가 걱정돼? 네가 너무너무 좋아 견딜 수 없는 시구레나 사유리는 이미 죽었을까?"

구렌은 마히루를 노려보았다.

"노려보지 마. 나 좋아하지 않아? 안아 줬으면서."

"…네 목적은 뭐지?"

"너랑 같아."

"헛소리 마."

"헛소리 아냐."

"헛소리 마!"

그러나 마히루는 또 다시 웃으며 말했다.

"너랑 같이 사는 거. 너랑 같이 다음 세계에서도 사는 거. 사람이 태어나지 않는 세계에서도 같이 사는 거. 그러려면 오니가 되어야 해."

"…난 너한테 안 가."

"어—. 방금 전에는 나한테서 떨어지지 마, 그랬으면서?"

"네가 나한테 와. 인간이기를 그만두는 건 용납 못 해."

그러자 마히루는 또 다시 슬픈 표정을 지었다.

또 다시 굉음이 울렸다. 마히루의 등 뒤에서 무언가가 폭발했다. 비명도 들려왔다. '햐쿠야 교' 놈들을 죽여라! 라는 고함도 들려왔다. 밖에서는 명백하게 사투가 벌어지고 있었다.

마히루가 창 쪽으로 내려가며 말했다.

"아하하, 약간의 의심으로도 아무렇지 않게 서로 죽고 죽이는 추한 인간으로 남으라는 거야?"

"마히루."

그러나 마히루는 기다리지 않았다. 더욱 더 내려갔다.

"있잖아, 구렌. 난 알아. 넌 강해. 아주 강해. 그래서 널 좋아해. 쿠레토 같은 건 상대도 안 돼. 네가 진짜로 마음만 먹으면 세계도 부술 수 있어. 왜, 인간의 강함은 허술함과 약함과 추함 속에 있으니까. 그리고 그건 오니가 아주 좋아하는 거야."

"마히루, 기다려!"

그러나 마히루는 기다리지 않았다. 등을 돌렸다. 창문에서 뛰어내릴 생각이었다. 그러나 그 직전 딱 한 번 돌아보더니 생각났다는 것처럼 마히루는 말했다.

"아, 그런데 구렌. 지금 우리, 몇 살이었지?"

그리고 마히루는 사라져 버렸다.

남은 것은 마히루의 냄새와 암흑뿐이었다.

몇 살? 이라고 마히루는 물었다.

구렌은 8월로 16세가 되었다.

그리고 바이러스는 13세 이상의 인간 모두를 죽인다 했다. 이상한 이야기였다. 인간은 살아남지 못하는 세계.

연약한 인간은 살아남지 못하는 세계.

침대 위에서 휴대전화가 울렸다. 받아보니 전화를 건 것은 사유리였다.

"무사해? 사유…."

그러나 사유리는 외쳤다.

[구렌 님! 달아나세요…! '햐쿠야 교' 가…!]

그리고 전화가 끊겼다. 곧바로 전화를 되걸었다. 그러나 받지 않았다.

시구레에게 걸었다.

그쪽도 받지 않았다.

"…제길."

풀려 있던 가슴의 단추를 채우며 바닥에 떨어져 있던 칼을 움켜쥐었다.

또 다시 바깥에서 들려오는 폭발음.

동시에 휴대전화가 울렸다. 곧바로 받았다.

"사유리?"

라고 물었지만 다른 사람이었다. 미토의 목소리였다. 미토는 울고 있었다.

[구, 구렌… 살아 있었군요! 지금, 지금 어디 있어요?]

"넌 어디 있어?"

[학교, 시청각실에, 몇 명 다른 학생들이랑 같이 틀어박혀 있어요.]

"바로 갈게."

[오면 안 돼요. 오면 죽을 거예요.]

"그럼 왜 전화했어? 구해달라는 거 아냐? 잔말 말고 세세한 상황까지 다 얘기…."

그러나 그 말을 가로막으며 미토는 말했다.

[아, 아니에요. 그런 게 아니라… 이 전화는… 당신한테 고맙다는 인사를 하려고…]

구렌은 책상 위의 노트를 움켜쥐었다. 방에서 뛰쳐나갔다.

미토의 말이 계속되었다.

[저기, 실은… 친구 집에 가 본 건, 그것도 남자 집에 가 본 건나, 어제가 처음이었어요….]

엘리베이터는 1층에 멈춰 있었다. 기다리고 앉아 있을 시간이 없었던 관계로 계단을 내려갔다.

[주조의 아가씨란 이유로 언제나 다들 날 긴장한 얼굴로 대했어요. 본심을 말해 주지 않았어요….]

1층에 도착했다. 도로로 뛰어들었다. 근처에서도 폭발음이 들렸지만 전투가 일어난 흔적은 보이지 않았다.

[하지만 당신은 전혀 달랐어요. 대뜸 시끄럽다느니 귀찮다느니

그런 소리를 하고… 진짜, 처음에는 뭐 이런 무례한 인간이 다 있나 했지만, 그래도 다른 한편으로는….]

미토의 목소리가 떨렸다. 울고 있는 것 같았다.

[기뻤던 것 같아요. 처음으로 평범한 여자애 취급을 받은 기분이 들었어요. 주조의 아가씨가 아닌 평범한 여자애처럼… 나도 웃을 수가 있었어요… 그래서.]

"그래서, 뭐? 잔말 말고 내 말 들어. 상황을 가르쳐 줘. 지금 넌 누구랑 어떤 상황에….”

[구렌. 들어 줘요.]

"네가 내 말을 들어….”

그러나 미토는 듣지 않았다.

[난 아마 오늘… 죽을 거예요. 하지만, 저기… 친구 집에 갔던 것도 어제가 처음이었을 정도로 아무 일도 없는 인생이었기 때문에… 그, 좋아 하는, 사람이라든가, 그런 것도 없이, 죽는 건가, 하는 생각이 갑자기 들어서….]

"시끄러워. 넌 죽지 않으니까 내 말….”

그러나 미토는 듣지 않고 말했다.

[당신이 좋아요, 구렌. 아마, 난, 당신이 첫 사랑….]

"아마는 무슨 놈의 아마! 그런 건 살아서 제대로 의식한 다음에 확인하라고! 죽으면 사랑이고 나발이고 없어!"

[……]

"미토!"

[……]

"내 말 들려? 미토!"

[…무서워…. 구렌, 무서워요…. 피가, 멈추지 않아서….]

"……."

[사방이, 온통 적으로 가득해요….]

"……."

[고시도, 하나요리 씨도, 유키미 씨도, 날 지키다…. 나, 때문에….]

"……."

[이미, 문도 뚫리고….]

"진정해, 미토. 내가 갈 테니까. 기다려. 괜찮아. 내가 구해 줄게. 안심하고 거기서 힘내. 포기하지…."

[오지 마요. 오면 구렌도….]

"쓸데없는 걱정 마. 내가 갈 때까지 그 시청각실을 사수해."

[구렌….]

"왜?"

[도와….]

그러나 그 순간, 전화 저편에서 폭음이 들렸다. 전화가 끊겼다.

"제길…."

구렌이 작게 말했다.

"제길, 제길, 제길, 제길, 웃기지 마!"

남들의 시선도 아랑곳하지 않고 큰 목소리로 고함을 질렀다.

구하긴 뭘 구한단 말인가. 그럴 힘도 없는 주제에. 아무리 잘난 척 야심을 늘어놓아도 자신은 그럴 힘도, 배짱도 없는 주제에.

누군가를 지키고 싶으면, 진짜로 지키고 싶으면 좀 더 빨리 앞으로 나아갔어야 했던 것이다.

그런데 이 꼴은 뭐란 말인가. 이건, 대체….

"……."

그러나 그때, 구렌은 사고를 멈추었다.

시야 한 귀퉁이에서 믿기지 않는 것을 발견하고 말았기 때문에.

어두운 골목 안쪽.

주인 없는 오토바이에 엔진 시동이 걸려 있었다.

그리고 그 오토바이 옆—.

지면에 박힌 것처럼 한 자루의 칼이 꽂혀 있었다.

비치는 달빛에 잔혹하리만치 아름답게 빛나는 검은 칼 한 자루가.

"……."

전에 마히루가 쥐어 준 칼이었다.

강제로 구렌에게 오니의 독을 감염시킨 칼.

'귀주'가 봉해진 칼이었다.

그것을 구렌은 망연히 바라보았다.

눈앞에 있는 칼을.

인간은 결코 건드려서는 안 될 힘을 발견한 구렌은 기가 막혔다.

자신은 도대체 얼마나 어리석고 꼴사납게 마히루의 손바닥 위에서 놀아나야 속이 시원할 것인가, 하는 생각에 구렌은 웃고 말았다.

"하, 하하, 하하하하하하…. 좋아, 알았어, 마히루. 포기하겠어. 나도 토끼가 되겠어. 오니가 되겠어. 하지만 난 너랑은 달라. 난 모든 것을 포기하지 않기 위해 인간이기를 그만두겠어."

그리고 구렌은 휴대전화로 쿠레토에게 전화를 걸었다. 곧바로 쿠레토가 받았다.

[웬일이냐?]

"무사해?"

[하, 뭐냐. 설마 내 걱정을 다 해 주는 거냐? 지금 어디 있지?]

그 말에 구렌은 주소를 말했다. 마히루가 이 장소를 지정했을 때 주변의 상세한 주소를 조사해 암기해 둔 관계로 곧바로 대답할 수 있었다.

그러자 쿠레토가 말했다.

[이케지리…? 그게 어디 주소냐?]

구렌은 대답했다.

"히이라기 마히루와 접촉했어."

[…그래서?]

쿠레토의 목소리가 급격하게 차가워진 것을 알 수 있었다.

"'햐쿠야 교'의 인간들을 죽인 건 마히루였어."

[그래서? 어찌 됐든 전쟁은 이미 멈출 수 없다.]

"그러게."

[그래서?]

"난 지금부터 마히루가 하던 '귀주'의 연구를 내 몸으로 받아들일 거야. 그리고 그 힘으로 학교에 있는 동료들을 구하러 가겠어."

[…….]

"하지만 만약 내가 이성을 잃으면, 단지 날뛸 줄밖에 모르는 괴물이 되면 죽여 줘. '귀주'에 대한 자료는 방금 말한 그 주소에 있는 골목에 버려둘게. 너라면 아마 그 자료를 보고 날 죽일 방법을 찾을 수 있을걸."

그 말에 쿠레토가 말했다.

[대체 너 지금 무슨 소리 하는 거냐? 누가 시킨 거냐?]

"아무도 시키지 않았어. 난 일개 힘없는 이치노세의 쓰레기에 불과해. 게다가 지금 이 상황에 너 말고는 믿을 사람이 없어. 때문에 널 믿겠어."

[…왜 나를 믿지?]

그 물음에 구렌은 대답했다.

"네가 나를 믿어 줬으니까…"

[……]

쿠레토는 대답하지 않았다. 그러나 알 바 아니었다. 하고 싶은 말은 다 했다. 나머지는 될 대로 되기를 바랄 뿐이었다.

구렌이 전화를 끊으려 하는데 쿠레토의 목소리가 들렸다.

[…알았다. 함께 '햐쿠야 교'를 물리치자.]

구렌은 전화를 끊었다.

그리고 또 한 통, 전화를 걸었다. 신야였다. 역시 곧바로 받았다.

[구렌? 살아 있었네.]

"그래. 할 말이 있어."

[당연히 있겠지. 이 상황을….]

그러나 구렌은 말했다.

"마히루랑 잤어."

한순간 신야가 침묵해 버렸다. 그리고 말했다.

[…호~. 그거 자랑이야?]

"화낼 거야?"

[…글쎄. 마히루는 계속 널 좋아했고…. 그래도, 아—, 그래. 너한테 지니까 기분이 나쁜걸. 왜 그럴까.]

"알 게 뭐야."

[하하, 그래서, 오랜 연애의 결실은 어땠어?]

"최악의 상황이 터졌어."

[그야… 지금 상황을 보면 알 것 같은걸. 그래서 어쩔 거야?]

"'귀주'를 받아들이고 오니가 되겠어."

[뭐? 뭐 때문에?]

"지금 학교에서 사유리와 시구레, 미토와 고시가 '햐쿠야 교'의 습격을 받고 있어."

[응.]

"구하러 가겠어."

그러자 신야는 기가 막힌다는 듯이 한숨을 쉬며 말했다.

[…너, 사실은 바보지?]

전혀 부정할 수가 없었다. 구렌이 대답하지 않고 있자 신야가 이야기를 계속했다.

[…그래서, 왜 나한테 전화했는데?]

그 말에 구렌은 말했다.

"…내가 죽으면 마히루를 부탁해."

[그거, 죽이라는 거야? 아니면 결혼이라도 하라고?]

그러나 중간에 구렌은 전화를 끊었다. 더 이상 할 말은 없었다.

그리고 지면이 꽂혀 있는 '귀주'의 칼을 내려다보았다. 지난번 이것과 접촉했을 때는 오니가 몸을 가로채려 드는 데에 전혀 저항

할 수가 없었다.

아마 이번에도 같을 것이다.

이것과 접촉하면 인간이기를 그만두게 된다. 그러나 무슨 일이 있어도 힘이 필요하다.

너무나 절실히 힘이 필요할 뿐만 아니라 더 이상 망설일 시간도 없다.

마히루가 아까 한 말을 떠올렸다.

—그런데 지금, 우리 몇 살이었지?

16세.

그리고 바로 그 16세에 인간이기를 그만두게 되고 말았다.

그러나 더 이상 고민하지 않을 것이다

망설이지도 않을 것이다.

그럼으로써 누군가를 구할 수만 있다면. 이런 쓰레기라도 눈앞의 동료를 구할 수 있다면 기꺼이 앞으로 나아갈 것이다.

"미토를 구할 거야. 고시를 구할 거야. 사유리를 구할 거야. 시구레를 구할 거야."

구렌은 지면에 박혀 있는 칼을 바라보면서 자신에게 굳게 다짐하듯 중얼거렸다.

"…나는 마히루를 구할 거야. 동료를 구하기 위해, 인간이기를…."

칼을 움켜쥐었다.

순간, 세계가 새카맣게 물들었다.

어둡게.

검게.

새카맣게 물들고―.

그리고 그 순간, 이치노세 구렌, 16세의 파멸이 시작되었다.

3권 끝

『종말의 세라프』 소설판 3권입니다.

이번 권에서는 아마도 터무니없는 일이 일어나 버렸을 겁니다, 어떠셨는지?

세계가 파멸로 나아가 버리게 되면서 이에 휘말려들게 되는 캐릭터들.

구렌은, 쿠레토는, 마히루는, 시노아는, 제1시부야 고교의 학생들은 대체 어떻게 되는 걸까요?

그리고 만화판의, 세계가 붕괴한 이후의 세계로 어떻게 연결되는 걸까요?

지켜봐 주시길!

참고로 이번 후기는 세 장으로 부탁드립니다—라고 들었는데, 담당 편집자님이 전화를 주셨습니다.

담당 : "카가미 선생님, 후기는 다 쓰셨나요?!"

저 : "아직인데요! 죄송합니다! 허구한 날 늦어서 죄송합니다!"

담당 : "아뇨 아뇨, 이번엔 늦어서 다행입니다. 실은 야마모토 선생님께서 그리고 싶은 장면이 있어서 한 장 더 그렸으면 하신다고…?!"

저 : "오오오오오오 그럼 11장이 되는 건가요?! 만세! 어떤 장면

이려나!"

하여 이번에는 삽화가 평소보다 한 장 더 많습니다!

그럼 과연 어떤 장면인지는 여러분께서 직접 이건가? 하고 상상해 주세요.

참고로 말이죠. 야마모토 선생님의 스케줄은 지금 장난이 아닙니다.

제 스케줄도 지금 장난이 아닙니다.

그렇지만 저희 둘 다 『종말의 세라프』가 너무 너무 좋은 관계로 올해에도 열심히 하도록 하겠습니다!

여러분, 부디 많은 응원 부탁드립니다!

카가미 타카야

HP '카가미 타카야의 건강 생활' http://www.kagamitakaya.com

종말의 세라프 -Seraph of the end- [3]

이치노세 구렌, 16세의 파멸

––––––––

2015년 1월 7일 초판 발행
2016년 12월 10일 4쇄 발행

저자 카가미 타카야 | **일러스트** 야마모토 야마토 | **역자** 김동욱
발행인 황경태 | **편집 상무** 여영아
편집 팀장 김태헌 | **편집** 노혜림 | **미술** 김환겸 윤석민
제작 부장 김장호 | **제작** 김종훈 정은교
국제부 국장 손지연 | **국제부** 최재호 김형빈 민현진 천효은
마케팅 국장 최낙준 | **마케팅** 김관동 이경진 김성준 심동수 고정아 고혜민
발행처 (주)학산문화사 | 서울특별시 동작구 상도로 282 학산빌딩
편집부 02.828.8839(전화), 02.828.8890(팩스) | **영업부** 02.828.8961~5(전화), 02.825.0544(팩스)
홈페이지 www.haksanpub.co.kr | **등록** 1995년 7월 1일 | **등록번호** 제3-632호

––––––––

원제 · [OWARI NO SERAPH GUREN'S CATASTROPHE AT XVI 3]
©2014 Takaya Kagami
©2014 Yamato Yamamoto
All rights reserved.
First published in Japan in 2014 by Kodansha Ltd.
Korean translation rights arranged by Kodansha Ltd.
이 책의 한국어판 저작권은 일본 講談社와의 독점계약으로 (주)학산문화사에 있습니다.
저작권법에 의해 한국 내에서 보호를 받는 저작물이므로 불법 복제와 스캔 등을 이용한
무단 전재 및 유포 · 공유 시 법적 제재를 받게 됨을 알려드립니다.

––––––––

ISBN 979-11-256-0048-0 04830
ISBN 979-11-256-0046-6 (세트)
값 6,800원

시이나마치 선배의 안전일 1

사이토 켄지 지음 | CARNELIAN 일러스트 | 유유리 옮김

"오늘은 안전일이니 제 방에 와주시겠어요?"

나, 사쿠라다몬 지로는 도서위원인 시이나마치 카구야 선배에게 갑작스럽고도 대담한 요청을 받았다. 기대에 부푼 마음을 안고 선배가 살고 있는 '시계탑 관리인실'을 방문하자—선배는 피투성이가 되어 쓰러져 있었다. 이때부터 사태는 예상 외의 방향으로 급격히 가속한다! 내 주변 인물이 범인이라고? 선배의 비밀이란 대체? 그리고 아무에게도 밝히지 않고 숨겨온 내 과거와 혈통이 드러나게 되는데…. —당시에는 설마 내 목숨이 다하는 날이 되리라고는 꿈에도 생각 못 했다.

(주)학산문화사 발행 / 값6,800원

대 마도학원 35시험소대 4
바보들의 학원제
야나기미 토키 지음 | 킷푸 일러스트 | 박소영 옮김

"그럼 쿠사나기는,
나랑 결혼해 달라고 하면, 해 줄 거예요?"

'이단 심문관'을 육성하는 교육기관인 대 마도학원에는 열등생들이 모인 '제 35시험소대'가 있다. 진급 점수가 걸린 학원제—'마녀사냥제' 준비에 나선 35시험소대의 타케루 일행 앞에 사이온지 우사기의 약혼자, 텐묘지 레이마가 나타난다. 사이온지 개(家)가 존속하려면 우사기는 학교를 자퇴하고 레이마와 결혼해야 한다! 그런 와중에 오카는 학생회로부터 학원 내에 침입한 마녀의 수사를 의뢰받는다. 수사 대상인 마녀는 '메피스토'라 불리며 '타인의 신체를 빼앗는' 능력의 보유자인데…

(주)학산문화사 발행 / 값6,800원

니나와 토끼와 마법전차 4

우즈키 류노스케 지음 | BUNBUN 일러스트 | 정지오 옮김

래빗츠 단원들의 싸움!
그로 인해 위험에 빠진 쿠를 무사히 구할 수 있을까?!

사립전차대 래빗츠의 동력수 쿠 앞으로 온 한 통의 편지.
그것은 동경하던 선배 에밀리아가 국립학교로 복학할 것을 권하는 내용이었
다! 바라지도 않던 통지에 솔직하게 기쁨을 표현하는 쿠.
하지만 복학하려면 당연히 래빗츠의 곁을 떠나야만 한다…. 학교 신입생 환
영회에 초대받은 래빗츠 일행이었지만, 엘자는 에밀리아의 귀족으로서의 긍
지에 자존심이 박살나고 만다. 거기에다 에밀리아를 따르는 쿠의 모습에 엘
자는 심한 말을 쏟아내고 마는데?!

(주)학산문화사 발행 / 값6,800원

학전도시 애스터리스크 5
패황결전

미야자키 유 지음 | 오키우라 일러스트 | 주원일 옮김

"…저기, 아야토.
신뢰할 수 있는 동료가 있다는 건 좋은 일이구나."

열전이 계속되는 '봉황성무제' 준결승 제1시합.
알디의 경이로운 학습능력이나 림시의 비행 유닛의 존재가 드러났지만 사야
의 강력한 기술이나 키린의 '렌즈루'가 효과를 발휘해 시합은 유리하게 진행
되었다.
하지만 아르르칸트의 태그에게는 숨겨둔 비장의 카드가 있었는데….
한편, 플로라가 납치됐다는 사실이 드러나고 범인은 '흑로의 마검'을 봉인하
라고 요구한다.
레볼프의 첩보공작기관─흑묘기관의 관여를 의심하는 아야토 일행은 그들의
거점인 재개발 구역으로 향하고, 거기서 아야토는 우연히 수수께끼의 소녀와
만나는데…?!

(주)학산문화사 발행 / 값6,800원